KB242913

나의 낯선 동행자

PIN
장르
011

나의 낯선 동행자

김진영

소설

차 례

1. 바르셀로나에서

혜성은 인터넷 사이트에서 알게 된 낯선 동행자 지효를 기다리며 바르셀로나 엘프라트공항 입국장 출구 앞에 서 있었다.

열여섯 시간의 긴 비행 끝에 현지 시각 밤 10시 45분, 마침내 바르셀로나에 도착한 참이었다. 여행을 준비하며 백방으로 찾아본 결과 도시 간 이동에 불편하다는 캐리어 대신 55리터 배낭을 멘 혜성은 입국장을 빠져나와 피켓을 들고 선 사람들과 마중 나온 무리들을 빠르게 지나쳤다. 가까운 곳에 있는 의자를 보자마자 배낭을 내려놓고 '스페인이다!'라는 짧은 환호를 속으로 내

뺄으면서도 소매치기를 조심하라는 후기를 수없이 읽은 탓에 긴장한 채로 한 손은 여전히 배낭끈을 움켜쥐고 있었다.

공항 전광판을 확인하니 지효가 탄 항공편이 30분가량 연착된다는 문구가 떠 있었다. 혜성은 의자에 앉아 지효를 기다렸다. 둘은 다른 곳에서 각자 출발한 뒤, 이곳에서 만나기로 했다.

혜성은 인천공항에서 암스테르담 스히폴공항을 경유해 왔고, 부산에 살고 있는 지효는 김해공항에서 하루 일찍 일본으로 출국해 도쿄에서 1박을 한 다음, 다시 파리 샤를드골공항을 경유해 바르셀로나에 도착할 예정이었다.

밤이 깊어지면서 공항은 점점 조용해졌고 마지막 항공편을 기다리는 사람들만이 간간이 흩어져 앉아 있었다. 면세점 대부분은 셔터를 내린 채, 스물네 시간 운영되는 몇몇 카페에서만 조명이 희미하게 새어 나왔다. 연신 이어지던 캐리어 끄는 소리도 점차 줄어들었지만 공항은 아직 깨어 있었다.

스피커에서는 스페인어 안내 방송이 흘렀고

곧 영어로 반복됐다. 혜성은 그 낯선 언어를 들으며 자신이 진짜로 외국에 나와 있다는 사실을 실감했다. 태어나 처음 마주한 해외였다. 낯선 풍경과 알아들을 수 없는 방송이 어색하면서도 생경한 해방감에 가슴이 뛰었다.

"20대에 해외여행은 무조건 해야지"라는 말을 들을 때마다, 혜성은 여행이 선택 아닌 의무처럼 들려 묘한 불쾌감과 반발심이 생겼었다. "전 이미 유튜브로 세계 일주 끝마쳤어요"라며 시큰둥하게 받아치곤 했으나 실은 관심이 없었다기보다 자신의 처지를 잘 알고 있던 거였다. 부모 지원을 기대하기 어려웠고 생활비도 스스로 벌어야 했으니, 혜성에게 여행이란 마음먹는다고 떠날 수 있는 게 아니었다.

하지만 퇴사를 하자 인생의 첫 해외여행을 떠날 결심과 용기가 생겼다. 아니 어쩌면 오기였다. 계획한 퇴사는 아니었지만 그렇다고 더 버틸 수도 없었다.

혜성은 영상 제작 회사 '스튜디오 바이브스'에

서 콘텐츠 플래너라는 직함으로 일을 했다. 주로 기획 업무를 맡는 줄 알고 입사했지만 영상 편집부터 자막과 그래픽 삽입, 구성안 작성까지 할 수 있는 일은 모두 다 해야 하는 자리였다. 열 명의 직원이 근무하는 작은 회사인지라 장기적으로 봤을 때 발전 가능성이 높지 않았기에 오래 근무할 요량은 아니었다. 그저 이 회사의 경력을 조금 더 큰 기업에 입사할 수 있는 기회로 삼으려 했을 뿐인데 혜성은 퇴사로 그 기회마저 박탈당한 것 같았다.

혜성이 생각하는 퇴사의 원인은 대표 이도규의 성희롱이었다. 40대 초반의 젊은 대표 도규는 혜성이 입사한 첫날 전 직원이 모인 자리에서 "혜성 씨 귀여워"라고 호감을 표했다. 처음엔 인생을 좀 더 산 선배로서 후배를 가볍게 대하는 표현이라 여겼다. 하지만 퇴근 시간 이후 사무실에 도규와 단둘이 남는 일이 자주 생기면서 분위기가 달라졌다. 도규는 야근 중에는 밖에 나가 잠시 산책을 하자거나, 퇴근 후엔 굳이 집까지 데려다주겠다고 나섰다. 게다가 업무 외적으

로 친밀함을 요구하는 말과 행동이 잦아졌다. 혜
성은 도규와 대화할 때면 되도록 영상 편집 중
생기는 문제나 프로젝트 방향 같은 실무 이야기
만 하려 했다. 물론 도규에게 궁금한 점이 없진
않았지만, 질문은 "이 일을 어떻게 시작하셨나
요?"처럼 경력과 관련된 것으로 한정했다. 그러
나 도규는 개의치 않고 항상 사적인 질문을 혜
성에게 던졌다.

"지금 남자친구랑은 얼마나 만났어요?"

"데이트는 보통 어디서 해요?"

"혜성 씨 아버님이랑 어머님은 무슨 일 하시
나요?"

"가족 간에 사이는 좋아요?"

도규의 질문은 어느새 혜성의 사생활 전반으
로 확장됐다. 특히 남자친구 태영과의 관계에 대
해 집착하듯 캐묻는 질문은 혜성을 불쾌하게 했
고, 부모의 자산 상황이나 가족 배경을 돌려 묻
는 방식은 마치 선보러 나온 사람이 상대의 조
건을 따지는 것처럼 보였다. 혜성이 집안 형편이
넉넉하지 않다는 말을 꺼내자, 도규는 이유를 알

수 없는 실망한 기색을 숨기지 않았다.

PD와 작가는 모두 촬영 현장에 나가고, 사무실에는 혜성과 도규만 남아 있던, 평소와 같은 날이었다. 전기를 아낀다고 혜성의 자리와 대표의 공간에만 조명을 켜두니, 사무실에 단둘이 있다는 사실이 더 선명하게 다가왔다. 혜성은 그 시간이 늘 불편했다. 대표는 대체로 창에 블라인드를 내리고 일을 했지만 그 보이지 않는 곳에 도규가 있다는 것만으로 신경이 곤두섰다. 대표실 문이 열리는 소리가 날 때마다 혜성은 몸을 움찔하며 반응했다. 언젠가 이런 불편함을 남자친구 태영에게 털어놨지만, 태영은 혜성의 상황을 공감하지 못했다.

"직장 생활 하면 상사랑 둘이 있을 때도 있고 다들 그래. 그거 가지고 불편해하면 사회생활 어떻게 해. 아휴, 그리고 늦었다고 집까지 태워다 주는 상사가 어디 있냐? 원래 그 나이대 남자들은 할 말 없으면 연애 관계 묻고, 부모님 뭐 하시노? 이런 질문 기본으로 깔고 가지. 그런 거 너무 마음에 담아두지 마."

태영은 도규의 행동을 배려로 해석했고, 직장 생활을 하다 보면 그런 일쯤은 감수해야 한다는 식으로만 반응했다.

밤 10시 가까이 되어서야 도규는 편집본을 확인한 뒤 퇴근하자 재촉했다. 사무실 불을 끄고 나서 둘은 어두운 복도를 함께 걸었고 으레 그랬듯 도규가 차로 데려다주겠다 제안했다. 혜성은 버스를 타거나 지하철역까지 걸어가고 싶었지만, 선택지가 없다는 듯 "밤이 늦어서 위험해요"라는 말로 배려인 척 끈질기게 설득했다. 불편한 마음으로 가득하다 보니 대표의 차에 타고 집으로 가는 시간이 혜성에겐 고문 같았다. 도규는 어김없이 혜성에게 남자친구와의 관계에 대한 질문을 던져 왔다.

"남자친구랑 3년 만났는데 아직도 할 말이 있어요?"

"아…… 오래 만나니까 편해서 더 좋아요."

"그래요? 남자친구랑 관계하는 거 이제 좀 지겨울 때 아닌가?"

도규는 혜성이 사는 빌라 앞에 차를 멈추며

그 말을 꺼냈다. 운전대를 놓고 몸을 돌린 도규는 조수석에 앉은 혜성을 지그시 바라봤다. 지나치게 느긋한 여유를 장착한 채 혜성의 마음을 떠보려는 의도가 담긴 시선이었다. 혜성은 더 이상 이런 질문을 참고만 있을 수 없었다.

"대표님, 이런 질문 하시는 거 성희롱이에요."

"어?"

"매번 밤늦게 저 집에 데려다주시면서 이런 식으로 대화 이끄시는 거 진짜 불편…… 아니 불쾌해요!"

"이런 식? 내가 뭘? 내가 어떤 식으로 했는데 그래요?"

도규가 오히려 되묻자, 혜성은 대답 없이 고개 숙여 인사한 뒤 조수석 문을 열고 차에서 내렸다. 평상시라면 혜성이 건물에 들어설 때까지 기다렸다 출발하던 도규였지만 그날은 혜성이 차에서 내리자마자 액셀을 밟고 바로 차를 출발시켰다.

그날 밤, 혜성은 오랜만에 후련함을 느꼈다. 단호하게 할 말을 한 자신이 조금은 멋지게 느껴지기도 했다. 하지만 혜성의 얘기를 들은 태영의 반응은 달랐다.

"원래 남자들은 그런 거 가볍게 궁금해하기도 해. 다른 뜻이 있어서는 아냐. 네가 너무 예민하게 군 거 같은데? 40대면 젊은 사람들 어떻게 연애하는지 궁금하겠지. 나도 초등학교 다니는 우리 조카한테 맨날 연애하냐고 물어보는데 뭘."

"초딩한테 물어보는 거랑 지금 상황이 같아? 너 맥락맹이야?"

"아! 또 또 이런다. 근데 이번엔 네가 오버한 거야. 농담이라 생각하고 웃어넘겨도 되는 말이잖아. 그날이어서 좀 예민했다고 그래."

이번에도 태영은 도규에게 되려 감정이입을 하고 있었다. 혜성은 연애 초반에는 장점이라고 여겼던 태영의 둔감함이 이제는 상황에 대한 몰이해로 여겨졌다. 혜성이 한참 상황을 설명해도 태영은 그저 '예민'이라는 단어로만 혜성의 행동을 이해하려 했다.

"이건 내가 예민한 게 아니라 대표가 나한테 실수한 거지. 업무적인 것도 아니고 사적인 걸 궁금해하고, 심지어 남자친구와의 관계까지 궁금해하는 게 아무렇지도 않다고? 넌 내가 대표한테 이런 말을 들었는데도 화가 안 나?"

"그냥 자기랑 일하는 직원이 어떻게 사는지 궁금한 거 같은데⋯⋯. 그 질문을 어떻게 받아들이냐에 따라 다른데, 넌 너무 예민하게만 받아들인다니까. 심플하게 생각해. 심플하게."

혜성은 태영의 말에 더는 어떤 설명도, 설득도 하고 싶지 않았고, 이해받고 싶지조차 않았다.

"성인지 감수성이라고는 없는 멍청한 새끼."

이 한마디를 끝으로 혜성은 3년 동안 지속했던 태영과의 관계를 끝냈다. 애초부터 끝이 보이는 관계였지만 지지부진하게 이어오던 중, 이번 일에 대한 태영의 태도가 트리거가 됐다.

그리고 그다음 날부터 혜성을 향한 도규의 비겁한 공격이 시작됐다. 혜성이 편집한 영상마다 사소한 오류를 문제 삼는 건 물론, 중요한 변경 사항은 일부러 공유하지 않았다. 내용을 전달받지 못한 혜성은 실수를 반복했고, 실수가 쌓일수록 도규의 비난이 집요해졌다. 처음에야 도규를 탓할 수 있었으나 시간이 흐르며 혜성은 점점 위축됐다. 동료들의 가벼운 농담에도 긴장한 표정으로 반응할 때가 많아졌다. 자신을 꽤 밝고 명랑한 사람이라 생각하던 혜성은 이곳에서만큼은 이 세상 가장 우울하고 음침한 사람이 되어 있었다.

문제의 그날도 여느 때와 같이 스페인 마드리드에서 결혼한 뒤 새 삶을 살고 있는 유튜버 '소을'의 브이로그를 편집하고 있었다. 과거 아이돌로 활동했던 소을은 이민 이후 스페인 현지에서의 일상을 영상으로 기록 중이었다. 혜성은 콘텐츠 플래너라는 직함을 달고서 실제로는 열 시간 분량의 촬영 소스를 받아 20분짜리 영상으로 줄이는 작업을 맡고 있었다. 구독자의 관심이 쏠릴 만한 장면을 고르는 일이었다.

그날의 영상은 소을이 마드리드의 한 가게에서 추로스를 먹으며 "맛있다"를 한 시간이나 반복하는 내용이었다. 같은 반응이 내내 반복되자 결국 혜성은 5배속으로 원본을 돌려가며 자막 포인트를 체크했다. 소을이 말을 할 때 속도를 줄여 멈추고, 필요한 말만 잘라 붙였다. 일머리가 생긴 것 같아 스스로 뿌듯해하는 동안 도규가 팔짱을 끼고 뒤에서 지켜보고 있을 거라곤 상상도 못 했다.

"혜성 씨."

도규는 한숨을 쉬더니 짜증 섞인 낮은 목소리로 혜성을 불렀다. 헤드폰을 벗고 돌아보자, 도규가 잔뜩 굳은 얼굴로 혜성을 노려보고 있었다.

"그렇게 보면 영상 분위기가 보여요? 흐름이 보이냐고. 이런 브이로그에서 뭐가 중요한지 몰라요? 주변 소음이나 여기 음식점에서 흘러나오는 BGM도 소스가 될 수 있는데 빨리 감기하면 뭐가 보이냐고……. 대충 소을이가 하는 말이나 연결해서 붙이려고 그래요? 하아……. 답답하다, 답답해……."

"대표님, 이번에 소을 씨가 보낸 촬영 소스가 열 시간이 넘어서요. 이거 모레 업로드에 맞추려면…… 오늘 순서 편집이라도 마무리해야 하는데……."

"그게 뭐. 하면 되죠. 왜? 그런 거 하라고 혜성

씨 뽑은 거예요."

말도 안 되는 일정과 업무량에 분노가 치밀었지만 혜성은 꾹 참았다. 그렇게 밤늦게까지 야근한 끝에야 1차 편집본을 도규에게 확인받을 수 있었다. 소을이 보낸 장시간 촬영본에서 구간을 선별해 흐름을 만든 다음, 내일 자막과 음악, 그래픽을 입혀 완성할 계획이었다. 하지만 도규는 편집본을 보자마자 비아냥거렸다.

"한 번도 해외를 안 나가봤으니 영상을 이따위로 편집해놨지. 아휴. 아니 혜성 씨는 스물아홉 될 때까지 어떻게 해외를 한 번도 안 나가봤어요? 여권이 없는 것도 신기하고. 그래서 그런가 촌스러워. 혜성 씨가 건들기만 하면 너무 촌스러워져."

그 순간 혜성은 자신이 하는 일에 남아 있던 쥐꼬리만큼의 정도 완전히 떨어졌다. 매번 참아왔던 모욕과 과중한 업무, 도규의 비아냥거림이 한꺼번에 몰아쳐 더는 견딜 이유가 없다고 느꼈다. 결국 혜성은 퇴사할 수밖에 없었다.

마지막 출근 날, 도규는 직원들이 보는 앞에서

일부러 혜성에게 창피를 줬다.

"혜성 씨, 다른 데서 일하게 되더라도 이런 식으로 일하고 회사 관두면 안 돼요. 팀 분위기 다 흐려놓고 도망가듯이 퇴사하는 건 옳지 않아. 혜성 씨도 곧 서른이야. 이렇게 책임감 하나 없이 일 마치는 거 아니라고요."

혜성은 '책임감 없는 사람' '조직을 망치는 직원'이라는 인상을 뒤집어쓴 채 퇴사했다. 대기업 영상 팀에 친한 사람이 많다고 떠벌리던 도규였다. 가뜩이나 좁은 업계이니 어쩌면 같은 분야로 발을 들이기가 이제 어려울 수도 있겠구나 싶었다. 아예 다른 직종으로 가지 않는 이상, 새 직장을 구하는 일도 만만치 않을 것 같았다.

2년 동안 혜성은 매달 250만 원의 급여를 받았다. 월세를 포함해 한 달에 100만 원만 쓰며 아끼고 또 아껴 모은 돈으로 학자금 대출을 상환했고, 통장에 남은 건 200만 원뿐이었다. 퇴직금 500만 원을 더해 손에 쥔 돈은 700만 원. 한 달 100만 원으로 생활한다고 가정했을 때 계산해보니 7개월은 버틸 수 있었다. 하지만 다시 입사 지원서를 쓰고, 면접을 보고, 출근을 준비하는 그 일련의 과정이 반복될 거라는 생각만으로도 숨이 막혔다.

불안에 뒤척이며 밤을 새운 다음 날, 혜성은 전 재산 700만 원 중 400만 원으로 스페인 여행을 가기로 마음먹었다. 여행에서 돌아온 뒤, 남은 300만 원으로 3, 4개월 동안 버티면서 구직 활동을 하면 어디라도 취업이 되겠지 했다. 만약 취업이 안 됐을 땐 아르바이트라도 병행해 버텨낼 자신이 있었다.

첫 해외여행지로 스페인을 고른 데는 특별한 이유가 있었다. 하루 종일 소울의 콘텐츠를 편집하며 도규에게 반복해서 들었던 말들. 그 안에 담긴 모욕의 감정을 지우기 위해서 직접 그곳에 가야만 했다. 혜성은 형편상 여행을 가지 못했을 뿐인데, 내내 무언가 잘못된 사람으로 평가받는 기분이었다. 억울했다. 누군가에겐 별거 아닌 일이, 혜성에게는 많은 것을 포기하고서야 비로소 가능해지는 일이기도 했다. 그 상처는 피한다고 사라질 리 없었다. 자신은 대표의 말처럼 '도

망가는 사람'이 아니었다. 그것을 증명해 보이기
위해서라도 도망치지 않기로 했다. 그 말에 지지
않으려 혜성은 스페인행을 결심했다.

영어도 능숙하지 않고 스페인어는 전혀 못하
는 상황에서 혼자 해외여행을 떠나겠다고 하자
예상치 못한 난관에 부딪혔다. 혜성의 엄마가 혼
자 가는 해외여행은 절대 허락하지 않겠다고 못
박은 것이다.

결국 혜성은 대학 친구와 함께 갈 거라고 가
족들에게 거짓말을 했다. 하지만 친한 친구들은
모두 각자의 일터에 묶여 있었다. 긴 휴가를 내
고 적지 않은 경비를 감당하며 이 급작스러운
여행에 동행해줄 친구는 없었다. 사실 한국에서
1만 킬로미터 떨어진 낯선 나라로 홀로 떠나려
니 혜성도 고민이 많았다. 비행시간만 열네 시간
이 넘는 거리였다. 불편함을 감수하더라도, 처음
가는 해외이니만큼 누군가와 같이 움직이는 편
이 안전하다고 판단했다. 숙소를 함께 쓰면 비용
도 크게 줄일 수 있을 터였다.

원래 혜성은 사람들과 어울리는 걸 딱히 꺼리

지 않았고, 낯선 이들과도 비교적 잘 지내는 편
이었다. 게다가 음식이나 잠자리에도 까다롭지
않아, 동행자를 구하더라도 큰 마찰 없이 맞춰갈
자신이 있었다.

　-스페인 여행 동행 구합니다-
　9월 8일부터 18일까지, 9박 11일 일정으로
스페인 여행 예정입니다.
　일정 중 일부는 따로, 일부는 함께 움직이며
느슨하게 동행할 수 있는 분이면 좋겠습니다.
　숙소만 공유하고 각자 따로 움직이는 것도 괜
찮습니다.
　저는 29세 여성이고, 또래인 20대 후반에서
30대 초반 여성분만 연락 주세요.

　네이버의 유럽 여행 카페인 '창문 너머 유럽'
에 글을 올렸지만, 돌아오는 건 광고성 댓글뿐이
었고 실질적인 동행자는 나타나지 않았다. 어딘
가 좀 수상해 보였나? 다들 이런 식으로 동행을
구하지 않는 건가? 쪽지가 왔다는 알림에 서둘

러 확인해보면 바르셀로나의 한인 호스텔에서 동행자를 만나는 게 더 편하다는 조언이 고작이었다. 어쩔 수 없이 혜성은 혼자 여행을 준비하면서 비행기 티켓을 알아봤다. 어떻게 엄마를 속여야 할지, 어디까지 거짓말을 해야 할지 머릿속이 복잡했다.

그러던 중, 쪽지 함에 새로운 메시지가 도착했다. 보낸 사람은 스물일곱 살의 지효였다. 혜성보다 두 살 어린 지효는 마침 9월 스페인 여행을 계획하고 있다고 했다. 시각디자인과를 졸업한 뒤, 부산의 입시 미술 학원에서 아이들을 가르치면서 프리랜서로 동화책 삽화 작업도 병행하고 있는데, 이번엔 스페인의 건축물과 미술관을 돌아보는 여행을 구상 중이었다고 말이다. 나이는 혜성보다 어려도 이곳저곳을 꽤 많이 여행했고, 산티아고 순렛길을 다녀온 덕에 스페인어도 조금은 할 수 있다 덧붙이기도 했다. 혜성과 지효는 함께 숙박하며 숙소비를 아끼고 혼자 가기에 눈치가 보이는 레스토랑을 같이 가는 정도로 동행하기로 했다.

그렇게 같이 스페인을 여행하기로 한 이후, 둘은 카카오톡 메시지로 하루에도 수십 번씩 연락을 주고받으며 계획을 세웠다. 스페인에 가본 적이 있는 지효는 좀 더 외곽의 소도시를 돌아보고 싶어 했지만 혜성의 첫 해외여행이라는 걸 알고는 바르셀로나, 세비야, 그라나다, 마드리드 같은, 여행자에게 유명한 도시 위주로 일정을 양보했다.

지효는 카카오톡으로 자신의 사진을 보내주기도 했다. 산티아고 순롓길을 여행하는 사진이었다. 지효의 햇볕에 그을린 피부도 하얀 치아를 거의 다 드러낸 채 환히 웃는 모습도 여유로워 보여 혜성의 마음에 들었다. 지효의 사진을 보는 것만으로도 좋은 사람이라고, 그리고 자신보다 어리지만 배울 점이 많은 사람이라고 추측할 수 있었다. 그래서였을까. 여행을 준비하면서 혜성은 친한 친구들에게도 털어놓지 못했던, 여행의 이유를 지효에게 털어놓았고 남자친구였던 태영에게서 받지 못했던 위로를 지효에게 받았다. 이미 지효는 혜성에게 완벽한 동행자였다.

혜성은 서울에 살고 있었기에 인천공항에서 출발해 바르셀로나로 들어가는 항공권을 예약했지만 부산에 사는 지효는 혜성보다 하루 일찍 김해공항을 출발해 도쿄에서 하루 머문 뒤 파리를 경유해서 바르셀로나로 가는 항공편을 택했다. 도쿄의 '빅카메라' 매장에 들러 한국에서 구하기 힘든 GR3라는 디지털카메라를 구입할 예정이라고 했다. 혜성은 경유지를 활용해 관광하고 쇼핑하는 지효가 꽤 노련한 여행자임이 실감되어 더 든든했다.

지효가 도쿄의 풍경과 빅카메라에서 산 카메라를 자랑하기 위해 보낸 사진을 넘겨보며 혜성은 설레면서도 어색한 첫 대면을 준비했다. 그동안 친한 친구처럼 메시지로 수많은 이야기를 나눴음에도 막상 얼굴을 마주할 시간이 다가오자 긴장됐다.

"안녕, 너 지효 맞지? 와! 한눈에 알아보겠어! 나야, 이혜성. 반갑다. 와! 이렇게 보니까 너무 좋다. 맨날 카톡으로만 얘기하다가. 와! 반가워."

혼잣말을 되뇌며 머릿속으로 첫 만남을 시뮬레이션하던 혜성이 시계를 보니, 어느새 밤 11시 40분을 넘기고 있었다. 전광판에는 지효가 탑승한 항공편이 연착 끝에 11시 20분 도착했다고 떠 있었다. 혜성은 스페인 도착 직후 휴대폰에 현지 이심eSIM을 장착해 음성 통화는 불가능한 상태였다. 대신 보이스톡으로 전화를 걸었지만, 지효는 받지 않았다.

'짐을 찾느라 바쁜 걸까.'

혜성은 자신이 앉아 있는 위치를 사진으로 찍어 메시지를 보냈다. 지효는 여전히 메시지를 읽지도, 연락을 받지도 않았다. 입국장 문이 열릴 때마다 동양인 여성이 나오면 혹시나 싶어 뚫어지게 쳐다보고, 그때마다 통화를 시도했으나 끝내 지효는 나타나지 않았다.

'창문 너머 유럽'이라는 네이버 카페를 통해 알게 된 사이인지라, 서로 겹치는 지인은 없었다. 만약 무슨 일이 생겼대도 연락할 방법조차 없었다. 물론 도쿄에서 지효가 보낸 사진이 있었고, 바르셀로나 도착 직전까지 연락이 닿았기에 별일 없을 거라고 생각하려 애썼다.

　—혜성 언니 우리 곧 만나요. 언니 얼른 보고 싶다!

　이 다정한 메시지가 마지막 연락이었다.

　'혹시 도쿄에서 무슨 일이 생긴 걸까.'

　애초에 같은 항공편으로 입국했다면 이런 불안은 느끼지 않았을 텐데, 무리해서라도 함께 출발했어야 했나…… 하는 괜한 후회가 밀려왔다.

　새벽 1시가 되자 입국장 주변은 눈에 띄게 한산해졌다. 옆 의자에는 공항에서 밤을 지새우려는 사람들만 남아 조용히 눈을 감고 있었다. 아직도 지효에게선 아무런 연락이 없었고, 혜성의 메시지를 읽지도 않은 채였다. 말 그대로 연락 두절이었다.

　새벽의 낯선 공항에 홀로 남은 혜성은 무섭고 아득한 기분마저 들었다. 아니 울고 싶었다. 출발 전까지 온갖 미식과 황홀한 볼거리로 가득한 여행을 상상했건만, 바르셀로나에 도착한 지 세 시간도 채 되지 않아 그 기대가 와르르 무너져 내렸다. 이대로 한국행 표를 끊어 돌아가고 싶을 정도였다.

—지효야, 공항에서 너 기다리다가 연락이 안 돼서 나 먼저 호텔 가려고 해. 늦게라도 메시지 보면 꼭 연락 줘. 그리고 무슨 일 생겼어도 꼭 연락 줘야 해.

메시지를 남긴 혜성은 더 늦기 전에 곧장 공항버스 정류장으로 향했다. 출발 전 블로그를 검색해 미리 확인한 대로 자동판매기를 통해 티켓을 구입한 뒤, 아에로버스 1번 노선으로 갔다. 금방 도착한 버스는 바르셀로나 여행의 중심지라 할 수 있는 카탈루냐광장을 향해 출발했다. 첫 일정의 숙소도 광장 근처에 있었다.

버스에 타자마자 이국적인 공기와 풍경이 혜성을 사로잡았다. 여행자와 현지인 들이 뒤섞여 앉은 버스 안에는 어딘가 묘하게 낯선 향기가 맴돌았다. 유리창 너머로 보이는 스페인의 밤거리는 낮게 깔린 가로등 불빛과 건물 외벽의 그림자가 뒤엉켜 영화 속 장면 같았다. 아에로버스는 그저 평범한 대중교통일 뿐이었지만, 혜성에게는 달랐다. 버스에 올라탄 것만으로 굉장한 모험가가 된 듯했다. 불안과 설렘 속에서 흥분에 가득 찼던 혜성의 감각은 조금씩 가라앉아 이내 현실을 따라잡았다. 지효에 대한 걱정이 마음을 무겁게 했다.

혹시 파리 경유 과정에서 무슨 일이 있었던 건 아닐까. 아니면 도쿄에서부터 뭔가 잘못된 건 아닐까. 별별 생각이 다 들었지만 메시지를 남기는 것 말고는 할 수 있는 게 없었다. 만약을 대비해 지효의 가족이나 지인 연락처라도 받아둘 걸 그랬다는 뒤늦은 자책감도 찾아들었다.

버스는 약 35분 만에 카탈루냐광장에 도착했다. 혜성은 정류장에 내려 사람들 틈을 빠져나와 구글 맵을 보며 300미터 정도를 걸었다. 호텔은 지효와 함께 예약한 곳이었다. 혜성이 잡았던 예산을 다소 넘어섰지만, 지효는 바르셀로나에선 호스텔보다 호텔에 묵는 편이 안전하고 편리하다고 말했다. 늦은 밤 도착하는 일정이라 체크인에 변수가 생기면 곤란하다는 지효의 말에 동의했었다.

호텔은 1박에 25만 원으로 관광지답게 2성급

임에도 불구하고 비싼 편이었으나, 예약 사이트에서 사진을 보았을 때 그래도 꽤 만족스러웠다. 시내 중심부에 위치해 있어 주요 관광지들과의 접근성이 뛰어났고, 일정 중간에 돌아와 쉬기에도 좋은 곳이었다. 혜성이 가장 마음에 들었던 것은 발코니였다. 시내 쪽으로 나 있는 발코니에는 작은 커피 테이블과 의자가 놓여 있었는데, 스페인의 아침 햇살이 들어오는 발코니에서 커피를 마시는 상상만으로도 그 돈을 충분히 지불할 가치가 있다고 여겨졌다.

새벽 1시 50분 무렵, 혜성은 무거운 배낭을 메고 호텔 로비에 들어섰다. 야심한 시각이었기에 로비는 고요했다. 혜성은 숨을 고르며 한 달 전부터 속으로 되뇌던 영어 문장을 조심스럽게 꺼냈다.

"아이 메이드 어 레저베이션 언더…… 지효 곽. 제이아이에이치와이오."

호텔 예약을 담당한 건 지효였다. 숙박은 지효가, 교통과 관광지 예약은 혜성이 맡아서 진행했었다. 리셉션 직원은 컴퓨터를 확인한 뒤 미묘하게 난처한 표정으로 고개를 저었다.

"I'm sorry, but we don't have any reservation under that name."

혜성이 당황해서 허둥지둥 급히 지효가 보내준 이메일을 열어 예약 확정서를 내밀었다. 직원은 문서를 받아 한참 동안 키보드를 두드리더니 다시 말했다.

"This reservation shows as cancelled. We don't have any room booked under this name. I'm sorry, there's nothing more I can do for you."

빠른 영어가 귀에 정확히 들어오지 않았지만, "캔슬드" "쏘리"라는 단어만큼은 명확히 들렸다. 호텔 예약이 취소됐다는 직원의 말에 혜성은 당황한 나머지 손에 힘이 풀려 들고 있던 휴대폰을 바닥에 떨어뜨릴 뻔했다.

혜성이 어쩔 줄 몰라 하며 호텔 문을 나선 시각은 새벽 2시였다. 낯선 공기와 긴장감이 뒤섞여 몸이 굳은 탓인지 9월의 밤공기는 생각보다 서늘하게 느껴졌다. 잔뜩 긴장한 탓에 배낭끈을 움켜쥔 손에도 힘이 들어갔다. 늦은 시각임에도 멀리서 음악 소리가 들렸고, 골목에는 술에 취한 사람들이 웃고 떠들며 지나갔다. 모두가 각자의 방식으로 즐거운 밤을 보내고 있는 듯했지만, 혜성은 그 활기와는 동떨어져 홀로 서 있었다.

무언가 석연치 않았다. 지효가 예약한 방은 1박에 25만 원, 3박이면 총 75만 원이었다. 혜성은 약속대로 절반인 37만 5천 원을 이미 송금해 둔 상태였다. 휴대폰을 꺼내 결제 앱을 열자, 분명히 이체 내역이 그대로 남아 있었다.

떠올려보니 지효는 더 저렴한 취소 불가의 옵션 대신, 돈을 좀 지불하더라도 무료 취소가 가능한 옵션으로 방을 잡아야 한다고 강하게 주장했었다. 그때는 '여행을 많이 다녀본 사람의 노하우겠지' 하고 믿었다. 혹시 어떤 변수가 생기면 취소할 수 있어야 한다는 말이 타당하게 들렸으니까. 하지만 지금 이 상황에서는 모든 게 다 의심스러웠다. 머릿속 한구석에 최악의 가능성이 스멀스멀 기어 나왔다. 지효가 일부러 자신을 속인 건 아닐까. 애초부터 함께 여행할 생각 따위 없었던 건 아닐까. 단정할 수 없는데도, 그런 의심이 떠나지를 않았다.

55리터짜리 배낭은 혜성의 어깨를 무겁게 짓눌러 왔다. 무게중심이 흔들릴 때마다 몸이 휘청거렸다. 호텔 내부의 따뜻한 조명은 혜성이 발을 들일 수 없는 다른 세계의 불빛이었다. 여긴 한국이 아니었다. 숙소 예약 앱을 열어 당장 근처 아무 모텔로 들어갈 수도 없었으며, 호텔을 하나하나 다니며 체크인이 가능한지 물어보기에도 너무 늦은 시간이었다. 다급한 마음으로 앱을 켜보니 즉시 체크인이 가능한 몇몇 호텔들이 검색됐지만 가깝다 하면 대부분 혜성의 예산을 훌쩍 넘어서는 금액이었고, 예산이 맞는다면 위치가 한참 떨어진 곳이었다. 목록을 내리면 내릴수록 혜성은 지금 이 낯선 도시에서 홀로 배낭을 메고 호텔을 찾아 헤매야 한다는 사실이 너무 두려웠다.

울고 싶었다. 목구멍 끝까지 울음이 차올랐지만 꾹 참았다. 길바닥에서 무작정 숙소를 찾아 헤매는 것보단 차라리 공항으로 돌아가는 게 나을 것 같았다. 공항이라면 적어도 안전했고, 사람들이 있었다. 다행히도 공항까지 가는 아에로버스는 스물네 시간 운행했다. 혜성은 자동판매기에서 다시 공항행 편도 티켓을 끊었다.

"이럴 줄 알았으면 아까 더 싸게 왕복으로 끊었잖아……."

어이없는 상황을 시트콤의 한 장면처럼 넘기려 했으나 마음이 그렇게 되질 않았다. 정류장에 서 있자니 절로 눈물이 났다. 코끝이 시큰하고 목이 메었다. 퇴사 후 새 출발 하기 위해 떠난 여행이었는데, 시작부터 이렇게 무너질 줄이야. 태어나 처음 해외여행을 떠난다고 하자 축하해주며 잘 다녀오라던 가족들의 얼굴이, 부러워하며 혜성의 첫 여행을 응원해주던 친구들의 얼굴이 떠올랐다.

눈물을 닦으며 버스 정류장에 서 있는 동안, 혼자 울고 있는 동양인 여자가 신기해 보이는지 지나가는 사람들이 혜성을 힐끔거렸다. 누군가 스페인어로 말을 걸었지만 혜성은 알아들을 수 없어 고개를 끄덕이며 "아임 오케이"만 반복했다. 한국에서는 그래도 누군가에게 도움을 요청할 수 있었을 텐데, 여기서는 언어도 통하지 않고 아는 사람도 없었다. 혜성은 자신이 얼마나 무력한 존재인지 실감했다. 29년을 살아오면서 이토록 절대적으로 혼자라고 느껴본 적이 없었다.

버스가 도착하자 큰 배낭을 멘 서양인 커플과 젊은 남자 여행객들이 먼저 내렸다. 모두 목적지가 분명해 보였다. 예약된 숙소가 있고, 돌아갈 집이 있는 얼굴들. 그 사이 홀로 정류장에 서 있는 자신만이 갈 곳을 잃은 사람처럼 느껴졌다.

막상 공항으로 돌아가려니 '이게 맞는 선택일까?' 하는 의문이 들었다. 공항 의자에서 하룻밤을 보내는 상상만으로도 처량했지만, 지금 상황에서는 그나마 가장 안전한 선택지라고 스스로를 설득했다. 그런데 내일 아침이 되면 어떻게 해야 할까. 지효와 연락이 닿지 않는다면 모든 일정이 틀어질 게 뻔했다.

그때 이어서 내리는 사람들 틈으로 한국인인

듯한 남자가 보였다. 혜성보다 조금 나이가 많거나 또래로 보이는 남자였다. 남자는 혜성과 비슷한 크기의 여행용 배낭을 메고 있었다. 남자도 혜성이 한국인이란 걸 알아봤는지 흘낏 혜성을 쳐다봤다. 혜성은 그가 한국인이라는 확신이 들자 자기도 모르게 급히 다가갔다. 평소 같았으면 절대 하지 않았을 행동이었다. 혜성은 내성적인 편은 아니었지만 그렇다고 길에서 모르는 사람에게 먼저 말을 걸 정도로 적극적이지도 않았다. 하지만 지금은 너무나도 절박했다.

"안녕하세요? 저 혹시 한국분이세요?"

"어……? 어. 네. 한국분이세요?"

남자는 당황했는지, 한국말로 한국인이냐 묻는 혜성에게 한국인이냐 되물었다. 혜성은 공항으로 가는 버스표를 손에 든 채, 민망함을 무릅쓰고 조심스럽게 자신의 상황을 설명했다.

"제가 호텔에 문제가 생겨서…… 예약이 취소돼가지고 지금 묵을 숙소가 없는데……. 혹시 지금 이 시간에 체크인할 수 있는 숙소 아시나요? 아…… 지금 어디 호텔로 가시는 거예요?"

혜성이 갑자기 자기 얘기를 쏟아내자 남자는 당혹감을 감추지 못했다. 지금은 자신의 상황이 훨씬 더 절박했기에 혜성은 상대의 상황을 살필 여유가 없었다. 그저 남자가 체크인하려는 호텔로 함께 가서 빈방이 있는지 물어볼 생각뿐이었다. 머나먼 타국에서 혼자 호텔을 하나씩 돌아다니며 방이 있는지 확인할 용기는 없어도 옆에 한국인이 있다면 조금 안심이 될 것 같았다.

　남자는 한참 동안 아무 말 없이 무언가를 생각하는 듯 보였다. 어색한 침묵이 흘렀고, 혜성은 그 침묵이 혹시 거절의 의미가 아닐까 조급해졌다.

　"저……. 저는 지금 한국 사람이 하는 한인 호스텔 가는데 거기 가보실래요? 상황을 알면 사장님이 어떻게든 재워주시지 않을까요?"

　"정말요!?"

　혜성은 자기도 모르게 새벽의 카탈루냐광장에서 크게 소리를 지르고 말았다. 곧바로 민망해하며 손으로 입가를 가리자 그런 혜성을 보고 황당해하면서도 미소를 짓던 남자는 이내 앞장

서 걷기 시작했다.

통성명도 하지 않은 채로 혜성은 그렇게 남자의 뒤를 졸졸 따라 걸으며 남자의 배낭에 붙어 있는 와펜을 살폈다. 프랑스, 영국, 일본, 튀르키예, 브라질…… 눈에 익은 국기들이 보였다.

"여행 되게 좋아하시나 봐요?"

남자는 걸음을 멈추고 뒤돌아 혜성의 질문을 못 들었는지 되물었다.

"네? 뭐라고 하셨어요?"

"아, 아니에요."

혜성은 말을 흐리면서 질문을 거뒀다. 남자는 민망한 듯 살짝 웃더니 다시 아무 말 없이 발걸음을 옮겼다. 혜성은, 말수가 적어 자신에게 이것저것 자세히 묻지 않는 남자가 오히려 따뜻하게 느껴졌다. 최소한 이 낯선 도시에서 경계하지 않아도 될 사람으로 여겨졌다.

좁은 골목을 몇 번이나 꺾어 들어간 뒤, 남자가 멈춰 섰다. 낡은 건물 벽면에 작은 명패 하나가 붙어 있었다. 'Casa Alegre'. '즐거운 집'이라는 이름을 가진 3층짜리 건물이었다. 1층은 작은 카페 겸 레스토랑처럼 보였고, 그 위층이 숙소인 듯했다. 남자가 현관문 옆 인터폰 버튼을 누르자 한참 후 익숙한 한국어가 들려왔다.

"안녕하세요. 저는 윤길우라고…… 아까 오후에 예약한 사람인데요. 메시지 남겼던……."

"아, 잠깐만요."

짧은 대답과 함께 문이 '딸깍' 하고 열렸다. 두 사람은 좁고 가파른 계단을 올라 2층 입구에 도착했다. 그곳에는 마흔 안팎으로 보이는 한국인 남성이 문을 열고 서 있었다. 반쯤 넘긴 파마머리에 편안한 티셔츠 차림의 그는, 길우를 보고 반가운 기색을 보이다가 뒤따라 올라온 혜성을 보자 멈칫했다. 사장의 표정에 비친 미묘한 당황을 감지한 혜성이 먼저 입을 열었다.

"죄송한데요. 전 예약을 안 했는데……. 혹시 방이 있을까요?"

사장은 길우를 한번 돌아보고, 다시 혜성을 바라봤다.

"아……. 지금…… 숙소 찾으시는 거예요? 아, 저는 커플인 줄 알고……. 남자 방만 예약을 하셔가지고."

'커플'이라는 말에 혜성은 순간 민망한 미소를 지었다.

"아니에요. 이분이랑은 정류장에서 우연히 만났어요. 제가 숙소를 찾고 있어서……. 저 아무 방이나 다 괜찮은데……. 소파도 괜찮고……."

사장은 잠깐 고민하다가 답했다.

"여자 방 6인실에 이층 침대 자리 하나가 남아 있긴 한데……. 괜찮으세요? 다인실이라 조금 시끄러울 수도 있어요."

"그럼요! 무조건 괜찮아요. 전 시끄러운 것도 너무 좋아요! 감사합니다!"

혜성은 망설임 없이 고개를 끄덕이며 사장을 향해 연신 고마움을 표했다. 그런 혜성의 반응에 길우의 입가에 웃음이 번졌다. 잘 곳이 있다는 사실 하나로 온몸의 긴장이 풀린 혜성은 길우의 미소에 괜히 마음이 느슨해져 자기도 모르게 큰 소리로 웃음을 터뜨렸다. 불 꺼진 골목을 헤매던 상황이 끝났다는 것만으로도 그저 행복했다.

사장은 혜성을 3층으로, 길우를 2층 방으로

안내했다. 계단 앞에서 층이 갈려 헤어져야 할 때, 혜성은 자신이 길우에게 자신의 이름조차 밝히지 않은 걸 떠올렸다.

"아, 저……. 저기 제 이름은 이혜성이에요. 오늘 감사했어요."

길우가 멈춰 서서 고개를 끄덕였다.

"네. 아까 체크인하실 때 들었어요. 제 이름은, 들으셨겠지만 윤길우예요. 고생하셨어요. 그럼 쉬세요."

뭔가 더 따뜻한 대답을 기대했지만 길우는 담담하게 인사한 뒤 자신의 방으로 들어갔다. 혜성도 3층 다인실 문을 열고 조심스레 안으로 들어갔다. 이미 다들 자고 있는 듯했다. 발소리를 최대한 죽이며 배낭을 내려놓고, 벽 쪽으로 배정된 이층 침대의 위층에 올랐다. 푹신한 매트리스에 몸을 눕히는 순간, 이제야 안전한 곳에 도착했다는 안도감이 밀려왔다.

여행을 하면 예측할 수 없는 일이 계속 벌어진다고 했던 말들이 머릿속을 스쳤다. 하루 전만 해도 상상조차 못 했던 스페인의 낯선 곳에서,

그것도 모르는 사람들과 잠을 청하고 있다는 사실이 믿기지 않았다.

'거의 꿈에서나 진행될 법한 전개야.'

정말 꿈이길 바랐다. 내일 아침 눈을 뜨면 옆에는 지효가 있고, 발코니가 있는 호텔 방일지도 모른다는 터무니없는 희망을 품은 채 혜성은 그대로 깊은 잠에 빠져들었다.

다음 날, 느지막이 눈을 떴을 때 벽에 걸린 시계는 오전 10시를 가리키고 있었다. 한국 시간으로는 오후 5시쯤이었다. 시차에 제대로 적응되지 않은 탓인지 머리가 멍했다. 혜성은 반쯤 감긴 눈으로 침대에서 몸을 일으켜 곧장 휴대폰 알림을 확인했다. 혹시나 하는 마음으로 카카오톡 채팅 창을 열었지만, 지효는 여전히 메시지를 읽지 않은 상태였다.

2층으로 내려가니 다른 여행객들은 일찍이 모두 나간 후였고, 숙소의 작은 식당 공간에는 사장 상곤만이 앉아 있었다. 상곤은 혜성을 보자 자리에서 일어나 인사를 건넸다.

"잘 잤어요? 배고프죠? 아침 드세요."

"아, 괜찮아요. 너무 늦은 시간인데……."

혜성이 멋쩍게 손사래를 쳤지만, 상곤은 대답을 기다리지도 않고 부엌 쪽으로 들어가더니 김치찌개와 갓 지은 밥 한 공기를 가져다주었다.

"아니, 그런데 어떻게 그 시간에 숙소 예약도 안 하고 여길 왔어요? 다른 유럽 쪽에서 넘어왔어요?"

혜성은 상곤의 질문에 답 대신 먼저 앞에 놓인 김치찌개를 한 숟갈 떠먹었다. 김치찌개에서 풍기는 매콤한 냄새에 몸이 앞서서 반응했다.

"원래 같이 여행하기로 한 친구가 여기 바르셀로나 호텔을 예약해서, 공항에서 만나 같이 이동하기로 했는데…… 그 친구를 못 만났어요. 그래서 저 혼자 예약한 호텔에 갔는데 예약이 취소가 돼 있었어요."

최대한 덤덤하게 말하려 했지만 말을 하다 보니 그 순간의 당혹스러움과 서러움이 되살아났다. 상곤은 놀란 듯 눈을 크게 뜨곤 천천히 고개를 끄덕였다.

"친구가 안 왔다고요?"

"아……. 유럽 여행 인터넷 카페에서 만난 친구거든요. 원래 알던 친구는 아니고. 여기 공항에서 만나서 동행하기로 한 건데……. 아직까지 연락이 안 돼요. 그치만 호텔도 같이 예약했고 분명 예약 확정서도 받았는데 그 호텔 직원 말이 취소된 상태라고."

"그러니까 호텔을 그 친구가 예약했다는 거죠? 혜성 씨가 돈을 보내고."

"네……."

상곤은 혜성의 말을 단박에 이해했다.

"그 친구가 사기 친 거 같은데요? 거기 카페명이 뭐예요? 거기다 혜성 씨가 겪은 일 올려요. 딴 사람들 피해 안 당하게. 그리고 그 돈 계좌 이체했죠? 경찰에 신고하면 나중에 잡을 수 있거든요, 한국은 다 실명제니까. 피해자가 여럿일 거 같은데."

"네? 사기요?"

"그 친구한테 입금한 금액이 총 얼만데요?"

혜성은 머릿속으로 금액을 더듬었다. 바르셀

로나, 세비야, 그라나다, 마드리드의 숙박비를
나눠 보낸 돈이었다. 다 합치면 약 100만 원 정
도. 혜성에게는 결코 적은 액수가 아니었지만,
겨우 그 정도 금액을 노리고 3주 가까이 연락을
이어왔다는 사실은 도무지 납득할 수 없었다. 상
곤의 추측이 맞을 수 있다 해도 혜성은 아직 지
효를 의심하고 싶지 않았다. 몇 주 동안 주고받
았던 메시지들, 함께 여행 계획을 세우며 설렜
던 시간들이 모두 가짜였다 생각하고 싶지 않았
다. 그리고 무엇보다 지효가 정말 사고를 당했을
가능성을 배제할 수 없었다. 그런 생각이 혜성의
마음을 더 복잡하게 했다.

그때 뒤에서 인기척이 느껴져 고개를 돌리자
길우가 서 있었다. 둘의 대화를 들은 모양이었
다. 혜성과 비슷한 시간에 도착했던 길우도 늦게
일어나 아침을 먹으러 내려온 참이었다.

"오늘 어디 갈 거예요?"

길우는 혜성의 얼굴을 잠시 바라보다 혜성이
겪은 것이 그리 대수롭지 않은 일이라는 듯 오
늘 하루의 일정을 물었다. 어젯밤 정류장에서 혜

성이 울던 일을, 사기당했을지도 모르는 상황을 캐묻지 않고 여행으로 화제를 돌리는 길우의 태도가 이 상황에선 그저 고마웠다.

"사그라다파밀리아대성당을 4시에 예약했어요, 원래는……. 어디 가세요?"

혜성은 대성당을 지효와 갈 계획이었다는 말을 삼키곤, 호칭을 어떻게 해야 할지 몰라 길우를 손으로 가리키며 물었다.

"저는 고딕 지구 그냥 걸어 다니려고요."

길우는 계획을 세우기보다 걸음 가는 대로 움직이는 사람처럼 보였다.

"아……. 고딕 지구는 야간에 예쁘다고 해서 이따가 저녁에 갈 건데……."

혜성이 말을 잇자 길우는 가볍게 고개를 까딱여 보였다.

"저기, 제가 사그라다파밀리아 티켓이 두 장인데요……. 혹시 필요하시면 한 장 드릴까요?"

지효와 가기 위해 두 장을 예매했지만 이제 한 장은 필요 없었다. 조금 전까지는 당일 취소가 가능한지 알아보려 했으나 이왕 이렇게 된 거 선심을 베푸는 척 길우에게 제안했다.

　길우는 곰곰이 생각하더니 말없이 미소를 띠우며 고개를 끄덕였다. 사그라다파밀리아대성당의 경우 예약한 날과 시간에만, 예약 확정서에 첨부된 QR 코드를 통해 입장할 수 있기에 자연스럽게 둘은 동행할 수밖에 없었다. 혜성은 길우와 함께 성당에 갈 생각을 하니 왜인지 부끄러워 얼굴이 달아올랐지만 들키고 싶지 않아 일부러 덤덤한 표정을 지으려 애썼다.

　지하철 L2 노선을 타고 사그라다파밀리아역에 도착하자, 출구를 나서기도 전, 역 안에서부터 관광객들로 북적였다. 역을 나오니 여전히 공사 중인 성당의 외벽이 눈을 사로잡았고, 앞 광장 역시 사람들로 가득했다. 관광객들이 삼삼오오 모여 사진을 찍고, 작은 기념품 노점들이 어지럽게 늘어서 있었다. 그 소란스러운 풍경 속에서 성당의 거대한 파사드는 묘하게 이질적으로, 동시에 신성하게 느껴졌다.

　"가우디가 이 성당을 설계할 때, 자연에서 영

감을 받았대요."

길우가 성당의 첨탑을 올려다보며 말했다.

"가우디는 성당으로 저녁 미사를 보러 가던 길에 트램 사고로 숨졌어요. 그때가 일흔셋이었는데, 워낙 허름하게 입고 다녀서 처음에는 거지로 오인받았다고 해요. 제대로 된 치료도 못 받고 병원에 실려 갔다가 다음 날 가우디를 찾아 헤매던 신부님에 의해 겨우 신원이 확인됐대요. 전 세계에서 가장 유명한 성당을 만드느라 일생을 바쳤는데…… 그런 걸 보면 전 신은 없는 거 같아요."

혜성은 차분히 이야기를 들려주는 길우의 옆모습을 조용히 살피다가, 고개를 돌린 길우와 눈이 마주친 순간 어린아이처럼 획 시선을 피했다.

입장 시간이 되어 성당 안으로 들어서자, 서쪽 유리창으로 들어오는 햇빛이 스테인드글라스를 통과하며 성당 내부를 붉은빛과 주황빛으로 물들이고 있었다. 반대편 동쪽 유리창은 푸른색과 초록색 계열이라 색의 대조가 또렷했다. 거대한 기둥들이 숲처럼 솟아 있고, 사이사이로 색색의

빛이 천천히 흘러내렸다. 그 장엄한 분위기에 휩쓸린 혜성은 종교가 없음에도 가만히 눈을 감고 기도했다. 지효가 안전하길 빌었고, 자신의 여행이 무사히 끝나길 바랐다. 길우는 혜성의 심정을 이해하는 듯 대화를 하다가도 말을 멈추고 혜성이 마음을 추스를 수 있도록 배려했다.

"첫 해외여행으로 스페인은 좋은 곳인 것 같아요."

길우의 말에 혜성은 의아한 표정을 지었다.

"어? 제가 해외여행이 처음이라고 언제 얘기했던가요?"

"아, 아뇨. 그냥…… 느낌으로요. 모든 걸 신기해하고 설레어 하는 모습이 첫 여행 같아서요. 되게 좋아 보여요."

혜성은 들켰다는 듯 민망한 웃음을 짓다가 문득 해외여행을 한 번도 안 다녀봐서 촌스럽다고 했던 도규의 말이 떠올랐다. 그때 받은 상처 때문일까. 아무렇지 않게 넘길 수 있는 말에도 예민하게 반응하고 있었다. 혜성은 이 여행을 기점으로 바꾸고 싶었다. 그렇기에 좀 더 관대해지자고 스스로를 다독였다.

성당에서 나온 뒤 혜성과 길우는 조금 걸어, 근처의 작은 타파스 바로 향했다. 외부 테라스에는 지역 주민과 관광객이 뒤섞여 앉아 있었고 좁은 원형 테이블마다 맥주잔과 접시 들로 빼곡했다. 현지인들이 스페인어로 빠르게 대화를 나누는 소리가 뒤엉켜 자아내는 시끌벅적한 분위기만으로도 여행지 특유의 활기가 가득했다.

직원이 메뉴판을 가져다주며 스페인어로 말을 건넸다. 혜성은 알아듣지 못해 당황했으나, 길우가 스페인어로 주문했고 시원한 맥주 두 잔이 먼저 나왔다. 곧 직원이 작은 접시 여러 개를 테이블에 올려놓았다. 올리브 절임과 바삭하게 구운 감자, 토마토를 문질러 올리브오일을 두른 바게트, 그리고 치즈와 하몽 슬라이스가 각각 조금씩 담겨 있었다.

"타파스는 술을 한잔 시키면 이런 식으로 조금씩 곁들여 먹는 거예요. 안달루시아 쪽 가면 맥주만 시켜도 기본으로 타파스를 그냥 줘요. 게다가 술을 시킬 때마다 다른 종류의 타파스가 계속 나와요."

길우가 접시를 하나씩 옮기며 설명했다. 혜성
도 이미 블로그와 편집했던 브이로그를 통해 알
고 있었지만 일부러 모르는 척 길우의 말에 반
응했다.

"어떻게 그런 걸 다 아세요?"

"아, 저 스페인 세 번째거든요. 지난번에 여행
하면서 알게 됐어요."

혜성은 길우가 얼마나 많은 도시를 누구와 어
떻게 여행했을지 궁금했다. 하지만 길우는 자신
의 여행담을 길게 늘어놓지 않았다. 경험이 많다
는 걸 굳이 드러내지도, 여행담을 장황하게 풀어
놓지도 않았다. 자기를 필요한 만큼만 조심스레
꺼내놓는 길우의 태도가 혜성의 마음에 남았다.
왜 그런지는 알 수 없었지만, 혜성은 그 생각을
하며 조용히 미소 지었다.

해가 지고, 두 사람은 고딕 지구로 걸음을 옮
겼다. 바르셀로나대성당이 보이는 작은 광장에
서 거리 연주가가 첼로를 켜고 있었다. 좁고 구
불구불한 골목의 노란 조명 아래 혜성과 길우의

그림자가 같이 움직였다.

둘은 골목을 따라 산펠립네리광장으로 향했다. 광장 중심의 분수와 성당 벽면에 남겨진 스페인 내전 당시의 탄흔들이 어둠 속에서도 선명히 보였다. 대성당 앞의 화려한 풍경과 달리 조용한 분위기에 음침한 기분까지 들자 혜성은 몸을 움츠렸다.

"여기 오후에 오면 근처 학교 다니는 아이들이 학교 끝나고 와서는 공 차고 놀거든요. 되게 기분이 묘해요. 스페인 내전 때에는 총을 쏴 사람을 죽이던 곳이 지금은 아이들의 놀이터가 됐다는 게."

혜성은 길우의 설명을 들으며 탄흔을 재차 살폈다.

"설명을 들으니까 이 공간이 이상하게 좀 아픈데요."

"맞아요. 전 그런 감정을 느끼는 게 좋더라고요. 그래서 여행도 좋아하고……. 그냥 이렇게 낯선 곳에 매일 있는 게 좋지 않아요? 어떤 일이 일어날지 모르고, 한 번도 가보지 못한 곳에 가

고, 일상에서 느끼지 못하는 감정들이 시시각각
생기고⋯⋯."

혜성은 고개를 끄덕였다. 어제 같은 일이 또
벌어질까봐 두렵기도 했지만, 동시에 예측할 수
없는 하루를 길우처럼 받아들이고 싶었다. 생각
해보면 혜성이 길우를 만난 것도 예상할 수 없
는 일이었으니까.

그날 밤, 호스텔의 6인실 이층 침대에 누운 혜
성은 천장을 멍하니 바라보다 눈을 감았다. 이
층 침대 아래쪽에서 들려오는 낯선 여행객들의
코 고는 소리와 가벼운 뒤척임이 신경 쓰였지만,
이내 길우의 낮은 목소리, 사그라다파밀리아대
성당 내부를 물들였던 빛의 색감, 고딕 지구 골
목에서 맡았던 습한 돌담의 냄새로 모든 신경이
다시 쏠렸다. 지효에 대한 걱정은 여전했으나,
오늘 하루는 꽤 괜찮은 날이었다.

'내일도 같이 움직일 수 있을까?'

함께 어떤 계획도 세우지 않았음에도 혜성은
내일도 길우와 시간을 보낼 수 있기를 은근히
기대했다. 이 낯선 도시에서 혼자가 아니라는 사

실이 주는 위안에 기대고만 싶었다.

　다음 날 아침, 혜성이 2층 식당에 내려가니 길우는 이미 다른 여행객들과 둘러앉아 조식을 먹고 있었다. 20대 초반으로 보이는 남녀 커플과 혼자 여행 중인 30대 여성이 길우와 이런저런 이야기를 나누는 중이었다. 길우는 어색함 없이 그들의 농담에 웃어주었고, 간간이 자신의 이야기도 짧게 덧붙였다. 혜성은 그 모습을 보며 길우가 사교적인 사람이라는 걸 새삼 깨달았다. 어제 자신에게만 보였던 친절과 배려가, 꼭 특별한 건 아니란 생각이 들어 못내 씁쓸했다. 혜성이 다가가자 길우가 자리를 비켜주면서 자연스럽게 인사했다.

　"잘 잤어요?"

　"네, 잘 잤어요."

　혜성은 빵과 커피를 가져와 길우 옆에 앉았다. 30대 여성이 오늘 피카소미술관에 갈 예정이라며 혜성에게 동행을 제안했지만, 혜성은 가우디 건축물을 보기 위해 표를 예매해뒀기에 정중히 거절했다.

"오늘 어디 가실 거예요?"

길우의 물음에 혜성은 어젯밤 계획한 일정을 천천히 답했다.

"카사밀라랑 카사바트요를 가보려고요. 가우디 건축물은 다 보고 가고 싶어서요. 그리고 원래는 벙커에 가려 했는데, 야간엔 통제한다고 그래서 몬주익 전망대로 가려고요. 거기 되게 좋은 바가 있대요. 길우 씨는요?"

혜성은 은근히 길우가 함께할까 싶어, 자신의 루트를 꽤 그럴듯하게 이야기했다. 하지만 길우의 대답은 혜성이 기대했던 것과는 달랐다.

"아, 네……. 저는 산파우병원 보고…… 시우타데야공원에서 책 읽으면서 한가하게 시간 보낼 예정이에요."

길우는 빠르게 자신의 계획을 말하고는 다시 다른 여행객들과 대화를 이어갔다. 혜성은 어제에 이어 오늘도 동행을 기대했으나 길우는 혼자 움직일 생각인 듯했다. "같이 다닐래요?"라고 말하고 싶었지만 끝내 그 말은 삼켜버렸다.

결국 혜성은 혼자 카사밀라로 향했다. 디아고날역에서 내려 걷는 동안, 길우가 말한 산파우병원이 자꾸 머릿속을 맴돌았다. 왜 하필 거기였을까. 이전 여행에서 가우디의 명소들은 이미 다 본 후라 다른 곳을 택한 걸까, 아니면 그곳에 가야 하는 뭔가 다른 이유라도 있는 걸까. 산파우병원에서 시우타데야공원까지 이어지는 그 동선이 괜히 심심하게 느껴지면서도, 그곳에 서 있는 길우의 모습을 자꾸만 상상하게 됐다.

카사밀라 앞은 관광객들로 붐볐다. 건물을 배경으로 고개를 한껏 젖히고 사진을 찍는 사람들 틈에서 혜성도 휴대폰을 꺼내 건물을 담고자 노력했다. 워낙 붐비다 보니 휴대폰을 들고 자세를 취한 혜성과 부딪히며 지나가는 사람도 여럿일 수밖에 없었다. 어깨가 가볍게 눌려 돌아보자 10대로 보이는 소년 두 명이 구글 맵을 보여주면서 빠른 스페인어로 무언가를 물었다. 자신이 도움을 줄 수 없다는 걸 알고 있는데도 혜성은 성심껏 고개를 숙여 소년이 가리키는 화면을 들여다봤다.

" ¡Oye! ¡No! ¡Basta!"

뒤에서 터진 굵은 목소리에 아이들이 동시에 움찔했다. 다음 순간 두 아이는 뿔뿔이 흩어져 도망쳤다. 혜성은 당황한 채 뒤를 돌아봤다. 낯선 중년 남자가 급히 다가와 혜성의 가방을 가리켰다.

"Check your bag."

혜성은 황급히 가방을 확인했다. 지퍼는 반쯤 열려 있었지만 여권과 지갑은 그대로였다.

"Frente……. seguro. Okay?"

남자는 가방을 앞으로 메라고 시늉했다. 혜성은 감사 인사를 전한 뒤, 잠깐의 방심으로 지갑을 도난당할 수도 있었다는 긴장감에 온몸이 굳었다. 이런 상황을 겪고 나자, 계속 자기도 모르게 카사바트요로 향하는 길에 뒤를 돌아봤다. 가방을 앞으로 돌려 멨지만 마음이 놓이지 않았다. 어제 복잡한 골목길도, 혼잡한 플랫폼도 안심하고 돌아다닐 수 있었던 이유는 곁에 있던 길우 덕분이었다. 순식간에 혜성은 모든 것이 어설프고 두려움이 가득했던 바르셀로나 도착 당시의 자신으로 돌아갔다. 다시 철저히 혼자였다. 익숙하지 않은 말과 낯선 표정이 전부 경계심을 불러일으켰다.

저녁 무렵, 혜성은 몬주익 전망대 근처 바를 찾아 상그리아를 주문했다. 해가 지중해 너머로 천천히 내려가고 있었다. 주황빛과 붉은빛이 뒤섞여 꽤 그럴듯한 색으로 하늘이 물들어가는 중이었지만 혜성은 차라리 빨리 밤이 오기를 바랐다. 웃고 떠들며 잔을 부딪치고 노을을 즐기는 사람들 사이에서 그저 어둠 속으로 숨고 싶었다. 문득 길우가 지금 어디에 있을지 궁금해졌다. 돌이켜보니 그 유명한 관광지를 돌면서도 혜성은 줄곧 길우에 대한 생각뿐이었다.

호스텔로 돌아오자 라운지에는 여행객들이 원탁에 둘러앉아 '원나이트 웨어울프'란 카드 게임을 하고 있었다. 이 게임에 익숙한 혜성도 자연스레 자리를 잡았다. 웃음이 오가고 대화가 이어지면서 분위기는 금세 밝아졌다. 하지만 게임을 하는 내내 혜성의 시선은 길우에게 머물렀다. 길우는 크게 웃지 않고, 조용히 사람들과 어울려 게임을 즐기고 있었다.

한 시간쯤 게임을 하다 길우가 밖으로 나가자 혜성은 망설이다가 슬그머니 따라 나섰다. 길우는 숙소 앞 좁은 골목에서 담배를 피우고 있었다.

"게임 안 하세요?"

"저 담배 피우고 들어갈게요."

혜성은 길우 옆에 서서 어색하게 말을 꺼냈다.

"오늘 어떠셨어요? 산파우병원이랑 공원."

"좋았어요. 한적하고."

"음……. 내일은 뭐 하세요?"

"저요? 별로 특별한 계획은 없어요."

고개를 돌려 담배 연기를 내뱉으며 짧게 대답하는 길우의 모습에 갑자기 마음이 조급해졌다. 혜성은 내일 아침 일찍 세비야로 떠날 예정이었다.

"쭉 바르셀로나에 계세요? 저는…… 내일 아침 세비야 가거든요."

"아, 그래요?"

혜성의 의지와는 상관없이 입에서 다음 말이 튀어나왔다.

"세비야에는 관심 없으세요?"

길우는 잠시 혜성을 바라보더니 대답 대신 웃기만 했다. 그 미소가 긍정인지 거절인지 알 수 없어 혜성은 당황했다.

"몇 시 열차예요? 렌페 타고 가요?"

"네, 저…… 오전 9시 15분이요."

"일찍 출발하네요."

길우는 담배꽁초를 바닥에 던지고 발로 비볐다. 그러고는 "들어가서 쉬어야겠네요"라며 먼저 숙소 안으로 향했다. 혜성은 괜히 마음을 드러낸 것 같아 부끄러워 얼굴이 달아올랐다. 너무 노골적으로 같이 가자 한 듯해 민망했다. 동시에 '이제 안 볼 사람인데 뭐 어때. 부끄러워도 괜찮다'라고 자신을 다독였다. 어차피 내일이면 각자 다른 도시로 떠날 테니까. 그렇게 자신을 위로하며 숙소로 들어갔다.

다음 날 아침 7시, 혜성은 알람이 울리기도 전에 눈을 떴다. 세비야행 기차가 9시 15분이라 서둘러야 했지만, 마음 한편으로는 길우와 작별 인사를 나누고 싶었다. 2층으로 내려가 길우의 방 앞을 서성여도 보았으나 아직 자고 있는지 문은 굳게 닫힌 채 아무런 인기척도 느껴지지 않았다. 혜성은 문을 두드려볼까 망설이다 민폐일 것 같아 그만두고, 결국 리셉션에서 혼자 체크아웃을 마쳤다.

무거운 배낭을 메고 호스텔을 나서는 길에 혜성은 몇 번이나 걸음을 멈추었다. 혹시 길우와 짧은 인사라도 할 수 있길 바랐지만 이런 기대는 보통 혜성을 배반하곤 했다. 혜성은 첫날 스페인에 도착해 한국으로 곧장 되돌아가고 싶었던 심정을 떠올렸다. 길우를 만나 바르셀로나에서의 여정을 마치고 세비야로 향할 수 있는 것만으로도 길우와의 인연은 혜성에게 크나큰 의미가 있었다.

바르셀로나 산츠 기차역에 도착하자 문득 세비야행 고속 열차 티켓도 취소됐을지 모른다는 불길한 생각이 스쳤다. 나중에야 익숙해졌지만 세비야행 열차 티켓 예매 당시 해외 플랫폼 결제가 처음이었던 혜성이 헤매자 지효가 대신 결제를 진행했는데, 그 돈은 아직 지효에게 보내지 않은 상태였다. 각종 입장료와 교통비는 바르셀로나에서 만나 정산하기로 했었기 때문이다. 지효가 자신을 속이려 했으면 이 열차 티켓도 당연히 취소가 되어 있을 터였다. 창구에 헐레벌떡 확인해보니 고속 열차 티켓은 다행히 취소되지 않았다고 했다. 순간 안도했으나, 곧 다시 불안이 밀려왔다.

'지효에게 정말 무슨 일이 생긴 건 아닐까.'

그런데 생각해보면, 지효도 길우처럼 단지 여행을 위해 동행하기로 한 낯선 사이였다. 몇 주 동안 메시지를 주고받았다고 해도 가족도 아니고 오래된 친구도 아니었다. 혜성은 그 사실을 스스로 되새겼다.

'내가 왜 이렇게까지 신경 쓰고 있는 거지?'

지효가 무사하기를 바라는 마음은 여전했지만, 앞으로 남은 일정을 망치고 싶지 않다는 이기심이 고개를 들었다.

"세비야 티켓은 취소 안 됐네요?"

뒤에서 들린 익숙한 목소리에 혜성은 깜짝 놀

라 돌아봤다. 길우가 배낭을 메고 서 있었다. 어리둥절한 혜성은 그저 길우가 다른 도시로 가기 위해 기차역에 왔다고 생각했다.

"어……. 안녕하세요. 어디로 가세요?"

"저요? 세비야요."

길우는 아무렇지 않게 세비야행 열차표를 끊기 위해 매표창구로 걸음을 옮겼다. 하지만 9시 15분 고속 열차는 매진이었다.

"아! 저 표 두 장이에요!"

지효의 부재가 마치 기회라도 되는 양 혜성이 휴대폰에 저장해놓은 지효의 티켓 QR 코드를 길우에게 내밀었다. 길우는 고개를 숙이고 수줍은 미소를 지어 보였다. 그에 혜성은 긴장감과 미묘한 들뜸이 몰려와 오히려 표정이 굳어버렸다. 길우가 눈치 보듯 혜성을 바라보자, 혜성은 긴장 탓인지 기침을 하기 시작했다.

"감기 걸렸어요?"

"아니에요. 갑자기 기침이……."

지효가 사라진 자리에 길우가 들어온 것이 행운처럼 느껴졌다. 혜성은 그런 생각이 미안하면

서도 아직까진 기쁜 마음이 압도했다. 적어도,

아직까지는.

2. 세비야에서

세비야행 열차가 출발하고 창밖 풍경이 얼마간 흐른 후에야 달뜬 마음을 진정시키고 조금씩 서로에 대한 대화를 이어갈 수 있었다.

길우는 서른두 살로 혜성보다 세 살 많았다. 그는 1년 전부터 두세 달씩 길게 여행을 다니다가 한국에 돌아와 한 달 머무르고 다시 여행을 떠나는 생활을 반복하고 있었다. 이번 여행도 항공권을 편도로 끊어 언제 귀국할지 정하지 않은 채 그저 가고 싶은 대로 움직이는 중이라고 했다. 오랫동안 행정고시를 준비했으나 잘되지 않아 입시 학원에서 아이들을 가르쳤는데 그 일이 적성에 맞지 않아서 내내 괴로워하다 1년 전 모든 것을 정리하고 여행을 시작했다는 것이다.

내내 온화하게 웃던 길우가 한국에서의 생활을 이야기하자, 이상하게도 순간 불안해 보였다. 그러나 불안한 건 혜성도 마찬가지였다. 여행 경비를 아끼려고 동행을 찾은 것이 무색하게도 홀로 부담해야 할 금액이 늘어나버렸기에 한국으로 돌아가면 당장의 생활비가 걱정이었다.

어느덧 창밖 풍경은 바르셀로나와는 전혀 다른 색으로 바뀌고 있었지만 창가에 앉은 혜성은 창밖을 보는 대신 자꾸 휴대폰 화면을 켰다 껐다만 반복했다.

"왜? 무슨 문제 있어요? 그 친구 때문에?"

"세비야 숙소 때문에요. 세비야는 에어비앤비로 예약했는데…… 그것도 지효가 예약을 해서요. 뭐 괜찮겠죠?"

혜성은 바르셀로나에서 출발할 때부터 세비야의 숙소도 예약이 취소된 건 아닐까 하는 걱정을 지울 수 없었다. 지효에게서 받은 예약 확정서가 있긴 했지만, 에어비앤비는 따로 리셉션

없이 호스트가 메일로 게스트에게 셀프 체크인 서류를 받는 경우가 많았다. 혜성은 숙소의 호스트에게 지금이라도 메일을 보내야 하는지, 근처의 저렴한 호스텔을 다시 찾아야 하는지 고민 중이었다.

"그 친구한테 받은 예약 확정서 보여줄래요? 아니 저한테 보내줄래요?"

길우의 말에 혜성은 이메일로 전달받은 확정서를 길우에게 보냈다.

"메일로 보내면 답장 받는 데 오래 걸려요. 제가 식당 칸에서 점심 사면서 전화해볼게요. 아, 혹시 모르니 혜성 씨 여권 사본도 보내줄래요?"

"여권 사본이요?"

혜성의 머릿속에 다소 촌스럽게 나온 자신의 여권 사진이 아른거렸다.

"혹시라도 체크인 때문에……."

"아, 네. 잠시만요."

혜성은 자신을 도우려는 길우를 귀찮게 하고 싶지 않아, 여권을 스캔한 사진 파일을 바로 길우에게 전송했다.

"잠깐 다녀올게요."

길우는 혼자 식당 칸으로 향했고, 혜성은 열차에서도 안심할 수 없는 소매치기 때문에 자리에 남아 가방을 지켰다.

10여 분 뒤, 길우가 간이 포장지에 싼 샌드위치와 주스 병을 들고 돌아왔다.

"아파트먼트는 취소 안 됐대요. 그리고 원래는 안 되는데 예약 확정서가 있어서 체크인할 수 있을 거 같아요. 여권 맡기고, 대신 문제가 생길 경우 우리가 다 책임지는 걸로요."

"진짜요? 거기 취소 안 됐어요?"

"네, 거긴 괜찮아요. 친구분이 취소 안 한 거 같아요."

길우의 말에 오히려 혜성의 얼굴이 굳어졌다. 세비야행 열차 티켓도, 세비야 숙소도 취소되지 않았다는 건, 한인 호스텔 사장이 우려했던 것과는 달리 단순한 사기가 아닐 수도 있다는 의미였다. 정말 지효에게 무슨 일이 생겼을지 모른다는, 내심 외면하고 있던 걱정이 다시 수면으로 올라왔다. 어쩌면 지효의 가족들 역시 연락이 끊긴 지효가 스페인에 있다고 여기며, 연락이 오기만을 애타게 기다리고 있을지도 몰랐다. 차라리 지효가 사기를 치기 위해 숙박을 취소했다면 더 마음이 편할 것 같았다.

"지효한테 진짜 무슨 일이 생겼나 봐요."

"에이. 알고 보면 그냥 변덕이 생겨서 안 온 걸 수도 있어요. 미안하니 연락도 못 하고요. 그 친구 지금 한국에 있을 거예요. 너무 걱정하지 말아요."

길우의 위로에도 혜성의 불안은 좀처럼 사라지지 않았다.

열차가 세비야 산타후스타역에 도착한 뒤, 택시를 타고 숙소에 도착했을 때는 오후 4시를 훌쩍 넘긴 시간이었다. 대성당 인근 좁은 골목, 햇살이 수평으로 쏟아지는 틈새로 아파트먼트의 출입문이 있었다. 아파트먼트는 게스트가 이메일로 여권 사본을 보내면, 호스트가 게스트에게 공동 현관 비밀번호와 방 열쇠가 있는 곳을 알려주는 시스템이었다. 낡은 계단을 올라 3층에 다다르자 작은 거실과 침실이 딸린 투룸 구조가 눈에 들어왔다. 혜성과 지효가 몇 날 며칠을 비교해가며 선택한 숙소였다. 엘리베이터가 없는 대신 숙박료가 살짝 저렴했고 침실에는 발코니가 있었다. 유럽 여행을 떠난다면 발코니에 서서 커피를 마시는 이미지만큼은 현실화시키고 싶었던 혜성이 발코니가 있는 숙소를 강하게 원했기에 잡은 숙소였다. 반면 지효는 동선이 좀 더 편한 숙소를 원했었다.

　—언니, 막상 가면 무거운 가방 들고 날라야 하니까 엘리베이터가 더 요긴할 텐데.

　—근데 나는 유럽 영화를 봐도 그렇고 그게 제일 부럽고 좋아 보여서 발코니나 테라스에서 꼭 커피 마시고 싶어. 그거 내 로망인데.

　—에휴. 알았다 언니. 대신 모닝커피 내릴 때 내 것도 내려줘야 돼.

　그렇게 오랫동안 숙소를 함께 고민했던 지효가 겨우 변덕 때문에 말도 없이 여행을 접을 리는 없었다. 혜성의 마음은 여전히 지효에게 무슨 나쁜 일이 생겼을지 모른다는 쪽으로 기울어 있었다.

길우는 거실 소파베드를 쓰기로 하고, 침실은 혜성이 혼자 사용하기로 했다. 침실로 들어간 혜성은 짐을 풀다 말고 침대 가장자리에 앉았다. 묘한 기분이 가시지 않았다. 누군가의 고난을 외면하고 있다는 죄책감이 마음을 무겁게 했다. 혜성은 결국 네이버 카페 '창문 너머 유럽'에 들어가 짤막한 글을 남겼다.

−동행자의 연락 두절로 도움을 구합니다−

스페인 여행을 동행하기로 했던 박지효(27살, 여성)가 연락이 닿지 않습니다.

중간에 도쿄를 경유해서 오기로 했는데 도쿄에서는 연락이 되다가, 이후로 완전히 끊겼어요. 무슨 일이 생긴 건 아닐까 걱정이 돼서 글 남깁니다.

혹시 부산에 사는 박지효를 아는 분 있을까요.

이런 경우 어떻게 해야 할까요? 대사관에 연락을 해야 할까요?

혜성이 글을 올리고 거실로 나가니 길우가 욕실에서 나와 어색하게 서 있었다. 바르셀로나에서와는 달리 이 작은 아파트먼트엔 두 사람뿐이라는 사실이 둘 사이를 서먹하게 만들었다. 잠시 침묵이 흐르고 방 안에 낯선 기류가 감돌자, 길우가 먼저 입을 열었다.

"혜성 씨는 세비야 처음이니까 저녁에 플라멩코 공연 보러 갈래요? 7시쯤 저녁 먹고 9시 30분 공연 보면 될 거 같은데."

"아, 공연이요. 좋아요."

길우가 휴대폰으로 공연을 검색하고 예약을 확인하면서 화제를 만든 뒤에야 어색한 기운이 조금 누그러졌다. 저녁을 먹기 전까지 혜성과 길우는 세비야대성당에서 시작해 산타크루즈 지구의 미로 같은 골목들을 천천히 걸었다. 9월 안달루시아의 볕은 뜨거웠지만, 해가 서쪽으로 기울어지면서 그림자가 길어지고 있었다. 흰 벽으로 둘러싸인 좁은 골목 사이로 주황빛 햇살이 비스듬히 내려앉았다. 발코니마다 매달린 화분의 제라늄과 부겐빌레아는 햇살에 물들어 보랏

빛 기운을 띠었다. 가끔 마주치는 세비야 사람들은 마냥 느긋해 보였고, 카페테라스에서 맥주잔을 기울이며 담소를 나누는 사람들은 즐거워 보였다. 오렌지 나무가 줄지어 선 골목에서는 달콤하고도 쌉싸래한 향이 코끝을 스쳤다.

저녁은 숙소 근처의 작은 식당에서 해결했다. 길우가 주문한 건 살모레호와 플라멘킨, 그리고 감바스 알 아히요였다. 살모레호는 진한 토마토 퓌레에 하몽과 삶은 달걀을 얹은 세비야식 차가운 수프였고, 플라멘킨은 하몽을 돼지고기 슬라이스로 말아 튀긴 세비야 전통 음식이었다. 혜성은 처음 먹어보는 음식을 두고 "우아, 신기하다"라는 말을 몇 번이나 반복했다. 길우는 그때마다 바르셀로나에서처럼 말없이 웃어 보였다.

저녁 식사를 마친 둘은 예약해둔 플라멩코 공연장으로 향했다. 작은 안뜰 구조의 공연장은 이미 관광객들로 들어차 있었다. 혜성은 바로 눈앞에서 펼쳐지는 공연에 넋을 놓고 보면서도 옆에 앉은 길우를 종종 의식했다. 길우와 함께 보내는 이 시간을 선명하게 오래 기억하고 싶었다. 그러는 한편으로 너무 빨리 길우를 좋아하게 될까봐 마음의 고삐를 쉴 새 없이 잡아당겼다.

플라멩코 공연이 끝난 후, 두 사람은 세비야의 밤거리를 가로질러 미리 찾아둔 유명한 술집으로 발길을 옮겼다. 1670년부터 운영된, 세비야에서 가장 오래됐다는 그 선술집은 오랜 세월을 버텨온 흔적을 그대로 품고 있었다. 벽에는 낡은 세비야 투우 포스터와 빛바랜 사진이 촘촘히 걸려 있었고, 붉은 타일 바닥은 수많은 발자국에 닳아 반질거렸다.

혜성은 맥주를, 길우는 레드 와인을 주문했다. 몇 잔 오가는 사이 자연스레 취기가 올랐다. 술기운이 오르자 혜성은 분위기에 어울리지 않는다는 걸 알면서도 조심스럽게 지효 이야기를 꺼냈다.

"제가 걱정이 많은 건 알지만⋯⋯."

혜성이 맥주를 한 모금 삼키더니 말을 이었다.

"지효가 걱정돼서, 아까 네이버 카페에 글 올렸어요. 혹시 부산에 지효를 아는 사람이 있나 해서⋯⋯."

길우는 와인 잔을 천천히 돌리며 혜성의 이야기를 무표정으로 듣고 있었다.

"만약 정말 무슨 일이 생긴 거라면…… 대사관에 신고라도 해야 하지 않을까요? 실종 신고 같은 거……."

"음."

잔을 들어 와인을 마신 길우가 자신의 생각을 얘기하기 시작했다.

"너무 걱정하지 말아요. 여행하다 보면 별일이 다 있어요. 저는 저번에 오스트리아 갔을 때 동행자들끼리 싸워서 헤어지는 것도 봤어요. 그런데 같이 여행하는 거다 보니 미리 품목을 정해서 그걸 하나씩만 챙겨 온 거예요. 가령 멀티탭이라든가 드라이기라든가……. 그거 다 헤어질 때 한 명이 자기 가방에 챙겨서 도망쳤어요……. 또 갈라져 각자 여행하자는 말을 못 해서 길거리 한복판에서 택시 잡아 도망친 사람도 본걸요. 한국이라면 못 그러죠. 여행지니까 그렇게 사람들이 쉽게 관계를 끝내고 도망가곤 해요."

"그래도……."

혜성이 목소리를 낮췄다.

"지금 우리가 여기서 걱정한다고 달라질 게 있나요? 대사관에 간다고 무슨 답을 주는 것도 아니고."

길우는 차가운 말투로 혜성의 걱정을 일축했다. 그런 길우의 태도에 혜성은 더 이상 대화를 이어가기 힘들었다. 전 남자친구 태영과 서로 의견 차가 생겼을 때는 끝까지 자신의 주장을 관철하려 들다 싸움으로 번져도 물러서지 않곤 했던 혜성이었지만, 지금 세비야에서 자신이 의지할 사람은 길우뿐이었다. 길우의 말에 수긍하듯이 고개를 끄덕일 수밖에 없었다. 혜성이 한 발물러났음에도 지효에 대한 이야기를 꺼낸 이후로 길우는 언짢은 듯 말수가 줄어들었고 내내표정이 굳어 있었다. 혜성은 빈말이라도 꺼내 분위기를 띄워보려 애썼으나 그럴수록 둘 사이에 감도는 공기는 더 어색해졌다.

자정이 넘어서야 둘은 숙소로 돌아왔다. 길우가 소파베드에 놓인 배낭을 아래 내려놓고 여분의 이불을 꺼내자, 혜성은 어색하게 웃으며 일정을 마무리 지으려 했다.

"오늘 고생 많았어요. 푹 쉬세요."

길우는 가볍게 고개만 끄덕였다. 혜성도 침실 문을 닫고 편한 옷으로 갈아입곤 간단히 씻고서 침대에 몸을 뉘었지만 쉽게 잠들지 못했다. 길우의 차가운 반응에 자신이 뭘 잘못했나 나눴던 대화들을 되짚어보았다. 그렇게 한 시간쯤 지났을까, 침실 문이 조용히 열렸다. 혜성이 몸을 벌떡 일으키자 그 문 앞에 길우가 서 있었다. 어둠 속에서 길우의 표정은 보이지 않았다. 그저 실루엣만이 또렷했다.

"왜요?"

놀란 감정을 숨기지 못하고 혜성이 물었다.

"소파베드가…… 조금 불편해서요."

길우의 목소리는 침착했으나 미묘한 떨림이 있었다.

"침대 한쪽에서 자도 될까요?"

그 말에 숨은 의미를 알아챈 혜성은 당황해서 어쩔 줄 몰랐다.

"아……. 그럼 제가 거실에서 잘게요."

혜성이 베개를 들고 급히 몸을 일으켰다. 혹시 자신이 지나치게 여지를 줬던 걸까. 길우의 의도를 모르는 건 아니었지만 너무나 급작스러웠다. 혜성의 말을 들은 길우는 움직이지 않고 서 있었다. 짧지만 길고도 긴 침묵이 흘렀다.

"……알겠어요. 잘 자요."

길우가 낮은 목소리로 말하고는 문을 닫았다. 문 너머로 돌아서서 가는 발소리가 들렸다.

혜성은 침대에 다시 누웠지만 좀처럼 잠이 오지를 않았다. 저녁부터 자신이 계속 길우에게 무언가 실수를 한 것 같다는 생각이 뇌리를 떠나지 않았다. 세비야로 함께 가자고 제안한 것은 자신이었다. 소녀처럼 내내 들떠 있다가 자신은 이 큰 침대를 차지하고 길우는 딱딱한 소파베드에서 자라 내치듯 말해버린 것도 미안했다. 한편으론 길우가 지금 옆에 있으면 좋겠다는 마음도 들었다. 다만 이 낯선 여행지에서 그런 감정이 마냥 달콤하지만은 않았다. 혜성은 불안과 설렘이 뒤섞인 복잡한 심정을 억누르듯 깊게 숨을 내쉬었다.

한 시간쯤 뒤척이다가 혜성은 침실을 나왔다. 거실 소파베드에 누운 길우의 숨소리가 들려왔다. 혜성이 곁에 다가갈 때까지도 숨소리가 규칙적으로 이어졌다. 혜성이 소파베드에 기대앉자, 소파베드의 빈약한 스프링이 삐걱거리며 공간을 울렸다. 그제야 길우가 얕은 잠에서 깨어난 듯 몸을 돌려 혜성을 바라봤다.

"저는…… 침대보다 여기가 더 좋은 거 같아서요. 제가 여기서 잘래요."

혜성이 소파베드 끝에 앉은 걸 보고 길우는 말없이 몸을 옆으로 밀어 자리를 내줬다. 혜성이 눕고 이어 길우가 눕자 두 사람의 어깨가 살며시 닿았다.

"추우면 이불 더 덮어요."

길우의 목소리가 귓가에 가까웠다.

혜성은 대답하지 않고 눈을 감았다. 바로 옆에서 전해지는 길우의 체온과 규칙적인 숨소리가 점점 크게 느껴졌다. 길우의 팔이 혜성의 어깨를 천천히 감쌌다. 혜성의 심장이 빠르게 뛰었다. 술기운 때문인지, 아니면 길우의 체온 때문인지 알 수 없었다. 길우의 얼굴이 가까워지다 혜성에게 입을 맞추자, 혜성은 자기도 모르게 입술을 떼고 고개를 돌렸다.

"미안해요."

길우가 사과를 해 왔고, 혜성은 "아니에요. 제가 미안해요"라고 대답했다. 그리고 이번엔 혜성이 먼저 길우의 입술에 입을 맞췄다. 그러나 곧 깨달았다. 이건 혜성이 꿈꾸던 여행의 모습도, 기대했던 로맨스도 아니었다. 그렇다고 길우가 싫은 것도 아니었다. 방향을 잃은 마음이 혜성을 불안하게 흔들었다. 좁은 소파베드에 나란히 누운 자세가 불편해 허리가 욱신거렸지만, 옆에 누운 길우가 신경 쓰여 몸을 뒤척이지 못했다. 혜성은 그저 눈을 감은 채 선잠을 자다 깨다를 반복할 뿐이었다.

다음 날 아침, 혜성은 길우의 품에서 눈을 떴다. 길우도 거의 동시에 눈을 떴다. 두 사람은 잠시 서로를 바라보다 어색하게 웃었다.

"잘 잤어?"

길우가 먼저 반말로 말을 걸었다.

"어……. 잘 잤어요."

사실은 한숨도 제대로 못 잤지만 혜성은 거짓
말을 했다.

"우리 말 놓기로 했잖아."

"아, 맞다."

혜성은 길우를 향해 일부러 더 환하게 미소
지었다. 길우의 기분을 해치지 않기 위한 본능적
인 행동이었다.

간단히 씻고 나오니 길우가 근처 베이커리에
서 사 온 크루아상과 우유를 테이블 위에 차려
놓고 있었다. 혜성이 다가가자 길우는 부끄러운
듯 고개를 살짝 숙였다. 어젯밤을 기점으로 말을
놓기로 한 뒤라 그런지, 둘 사이의 거리감은 눈
에 띄게 줄어 있었다. 그럼에도 혜성의 마음 한
구석에는 이게 맞나 하는 어쩐지 사라지지 않는
석연찮음이 감돌고 있었다. 이 감정이 무엇인지
스스로조차 정확히 설명하기 어려웠다.

아침을 먹으며 휴대폰을 확인하니 '창문 너머
유럽' 카페에서 여러 개의 알림이 도착해 있었

다. 그 가운데에는 카페 운영진 중 한 사람이 보
낸 1:1 쪽지도 있었다.

  안녕하세요. 혜성 님이 올리신 글을 보고 연
락드립니다. 최근 튀르키예에서 한국인 여성 관
광객이 실종된 사건이 있었습니다. 27세 김지현
씨로, 마찬가지로 혼자 여행 중이었는데 한 달째
연락이 두절된 상태입니다. 현재 외교부와 튀르
키예 대사관에서 수색 중이며, 가족들이 큰 고통
을 받고 계십니다. 해외에서 한국인이 실종될 경
우 일흔두 시간 이내에 현지 대사관이나 총영사
관에 신고하는 것이 원칙입니다. 실종자의 여권
정보, 마지막 연락 시점, 여행 일정 등 알고 계신
걸 대사관에 먼저 알리셔야 할 것 같아요. 스페
인의 경우 마드리드 대사관이나 바르셀로나 총
영사관에 신고해주셔야 할 거 같습니다.

  운영진의 쪽지를 읽자 혜성의 얼굴이 창백해
졌다. 역시 지효의 연락 두절은 가볍게 넘길 일
이 아니었다. 스페인에 입국한 뒤로 벌써 일흔두

시간이 지나 있었다.

"여기 앞에 유명한 카페 있더라고. 커피는 거기서 마시자."

심각한 표정을 짓고 있는 혜성을 달래려는 듯 길우가 제안했다.

"응…… 그래."

혜성은 온통 지효 생각뿐이었다. 하지만 길우의 기분을 망치고 싶지 않아 애써 태연한 척 자리에서 일어섰다.

누에바광장 근처의 작은 카페테리아에 자리를 잡자, 오래된 에스프레소 머신이 내뿜는 진한 커피 향이 가게 안을 채웠다. 길우는 스페인 사람들이 즐겨 마시는 카페콘레체를 혜성에게 권하고 싶다면서 대신 주문을 했다. 그러나 혜성은 컵 위의 우유 거품을 젓기만 할 뿐 즐기지 못하고 긴장된 표정으로 길우를 바라봤다.

"나 너무 신경 쓰여서 그러는데……. 지효 있잖아……. 나 진짜 이런 거 처음이라 어떻게 해야 할지 모르겠는데…… 그래도 대사관에 알려야 할 거 같아. 해외에서 실종된 사람은 일흔두 시간 내에 신고해야 한다는데…… 아무것도 안하고 있었어. 내가 사기당했다고만 가볍게 생각하고……. 혹시 대사관에 어떻게 얘기해야 하는지 알아?"

혜성의 진지한 표정에도 길우는 별 관심이 없는 듯 휴대폰으로 점심 먹을 식당과 관광지를 검색하고 있었다.

"근데 다행 아니야? 그 지효란 사람이 사기 친건 아니잖아. 사기 안 당했으니까 다행 같은데."

"어?"

길우의 대꾸에 혜성은 순간 말문이 막혔다. 그 말을 지나치기엔 너무 잔인하게 들렸다.

"나 사기당했다고 생각할 때도 신고는 안 하려고 했어. 금액이 그렇게 크진 않으니까. 그래도 이건 다르잖아. 사람의 목숨이 달린 걸 수도 있고."

혜성의 말을 듣던 길우가 피식 웃었다.

"왜?"

혜성은 그 웃음의 의미를 도무지 알 수 없어 되물었다.

"아니, 사람 심리가 재밌어서 그래. 사람들이 보통 2, 300만 원은 사기당하면 심각하게 여기는데…… 100만 원 미만이면 넘어가도 된다고 생각하는 심리가 있어. 그 돈을 되찾기 위해 고생하는 게 더 싫은 거야. 딱 그 경계가 100만 원 같아, 나는."

"아니……. 나는 지금 돈 얘기가 아니라……. 그러니까 내 말은 그게 아니라……. 지효가 위험할 수도 있는데 내가 가만히 있는 게 좀 그렇단 얘길 한 거야."

"아……. 알아. 그래서 우리가 할 수 있는 게 없잖아. 그 지효란 사람 가족 연락처도 모르고 만난 적도 없다며. 그냥 온라인에서 만난 사람이잖아."

길우의 차가운 반응에 혜성은 할 말을 잃었다. 비록 기대했던 형태는 아니었을지언정, 어젯밤까지만 해도 영화 속에서나 일어날 법한 여행지의 로맨스가 자신에게 왔다는 설렘이 있었다. 그런데 한순간 그 감정이 헛된 착각처럼 느껴졌다.

"일어나자. 대성당 갈 거지?"

어색한 침묵이 흐르자 혜성은 이 상황을 피하고 싶어 자리를 정리하기 위해 다른 이야기로 화제를 돌리려 했다. 그러자 길우는 대꾸 없이 계산을 하기 위해 직원을 부르는 대신 카운터로 향했다. 카페 창 너머로 길우가 직원과 한참을 심각하게 대화하는 걸 본 혜성이 다시 카페 안으로 들어갔다.

"내가 해외에서 주로 쓰던 카드가 막혔대."

"왜?"

"나도 잘 모르겠어."

직원도 이유를 알 수 없다는 말만 되풀이했다. 길우가 당황해 우물쭈물하는 사이 혜성은 급히 지갑에서 카드를 꺼내 계산을 대신 했다.

"우리 쓴 돈은 내가 나중에 보내줄게."

길우가 민망한 듯 연신 어쩔 줄 몰라 하자, 그 덕에 냉랭했던 분위기가 자연스레 풀렸다.

세비야대성당은 높이 솟은 고딕 양식의 천장과 화려한 제단이 자아내는 신성한 분위기가 압도적이었다. 하지만 혜성은 그 웅장함에 집중하지 못한 채 성당 장의자에 앉아 휴대폰으로 지효와 나눈 카카오톡 대화를 훑어보고 있었다. 혹시라도 지효의 개인적인 정보나 가족, 친구에 대한 단서가 있을까 싶어서였다. 서로 사진을 주고받긴 했지만 사적인 이야기를 털어놓는 건 보통 혜성이었고, 지효는 그 이야기를 들어주는 쪽이었다. 혜성이 아는 건 지효가 부산에 산다는 것, 미술 학원에서 일한다는 것, 동화책 작업을 한다는 것 정도로, 맨 처음 나눈 쪽지 내용에서 새로운 정보는 없었다. 학원의 상호명도, 작업한 동화책 제목도 알지 못했다. 지효가 남긴 마지막 사진 역시 도쿄 빅카메라에서 찾던 카메라를 샀다며 보낸 인증 사진으로 이렇다 할 단서는 없었다. 한국에서 물량이 풀리기만 하면 품절되는 상품이라 직구로 사야 하는데 비행기 가격을 감안해도 일본에서 사는 게 더 싸다고 했던 말이 떠올랐다.

혜성이 카카오톡 메시지에 몰두하는 동안 길우는 성당 곳곳을 돌아다니며 사진을 찍었다.

"나도 찍은 거 보여줘."

혜성이 사진에 관심을 보이자, 길우는 카메라

를 혜성에게 건넸다. 길우가 찍은 사진들 중에는 대성당의 스테인드글라스뿐 아니라 다른 여행객의 모습, 그리고 혜성의 모습도 담겨 있었다. 한 손에 잡히는 작은 카메라가 귀여워서 유심히 살펴보다 카메라의 기종이 눈에 들어왔다. 길우의 카메라는 지효가 샀다고 했던 GR3였다. 아래쪽에 은빛 GR 마크로 보아 확실했다. 지효가 보내준 사진 속 그 기종이었다. 스냅사진을 찍는 사람들이 애용하는 인기 모델이라고 지효는 말했었다. 혜성이 사진보다 카메라를 더 면밀히 살피자 길우가 의아한 표정으로 물었다.

"왜?"

"그냥……. 스트랩 없이 카메라를 이렇게 들고 다니면 소매치기당할 수도 있잖아."

혜성은 카메라를 길우의 가방 안에 넣곤 지퍼를 닫았다.

"아휴. 그렇게까지 소매치기가 심하진 않아."

지효가 말했듯 GR3 카메라는 요즘 연예인이나 인플루언서도 많이 쓰는 인기 제품이었다. 여행을 오랫동안 다니고 있는 길우가 이 기종을

갖고 있는 건 특별히 이상할 일은 아니었다. 지효가 너무 걱정된 나머지 같은 기종의 카메라를 보니 지나치게 신경이 쏠린 듯했다. 게다가 길우와도 같은 상황이 벌어질까 더럭 겁이 났다.

"근데 오빠는 한국에서 어디 동네 산다고 그랬지?"

"우리 집? 그건 왜?"

"오빠 친구나 가족 연락처 하나 알려줄 수 있어?"

"왜?"

"혹시나 오빠도 연락이 안 되면……. 또 알아볼 곳이 없잖아."

혜성의 물음에 길우는 난처한 기색을 보였다.

"아니……. 뭐 그런 걸 물어봐. 우리가 이렇게 함께 여행 다니는 게 중요하지. 지금에 집중하고 싶은데, 나는?"

대답을 들은 혜성은 길우가 자신을 여행지에서 만난 얕은 인연으로 여긴다는 생각이 들어 더 이상 묻지 않았다.

세비야대성당을 나서자, 햇살이 트리운포광장

을 붉게 덮었다. 잠시 그 광장의 풍경을 지켜보던 길우가 손짓으로 대성당 옆 골목을 가리켰다.

"이쪽으로 가면 알카사르왕궁인데……."

"그래? 그럼 가볼까?"

혜성은 아무렇지 않은 척 대답했지만 마음속은 복잡했다.

왕궁 입구는 사람들로 북적였고, 아라베스크 문양이 새겨진 대리석 아치를 지나니 정교한 회랑과 정원이 끝없이 이어졌다. 둘은 정원을 걸으며 마치 첫날 바르셀로나를 함께 걸을 때의 친근함이 되살아나는 듯한 기분을 느꼈다. 오후에는 산타크루즈 지구까지 걸어가 옛 유대인 지구의 좁은 골목을 돌아다녔다. 자연스레 낯선 곳의 긴장감이 혜성의 마음을 다시 설렘으로 이끌었다. 길우의 말처럼 지금은 눈앞의 것들에만 집중하는 편이 나을 것 같았다.

혜성과 길우는 아이스크림을 사 들고 길을 걸었다. 혜성이 아는 몇 안 되는 스페인어 단어들을 그럴듯한 억양으로 이어 붙이자 길우는 웃음을 터뜨렸다. 두 사람은 한동안 유쾌하게 대화를 주고받았다.

　숙소로 돌아온 혜성은 침대에 앉아 카페 운영
진이 언급했던 튀르키예 여행 실종자 김지현의
이름을 휴대폰으로 검색했다. 기사에 따르면 김
지현은 여행 초반에 동행자가 있었지만 일정 중
반부터 떨어진 뒤 파묵칼레에서 연락이 두절됐
고, 지금까지 행방이 묘연했다. 대사관과 현지
경찰이 협력해 수색 중이라는 내용이었다.
　"가족들이 현지에 직접 와서 찾고 있으며, 대
사관은 긴급 공조 체제를 유지하고 있다."
　기사의 마지막 문장을 혜성은 조용히 되뇌었
다. 눈길이 오래도록 이 문장에 머물렀다. 마음
이 무겁게 가라앉은 채로 밖으로 나가 한국에
보이스톡을 걸었다. 신호음 끝에 전화를 받은 엄
마가 걱정의 말부터 쏟아냈다.
　"혜성아, 몸은 어때? 감기 안 걸렸어? 음식은
잘 맞고? 여행은 재밌어?"
　"응, 괜찮아. 잘 다니고 있어."
　"연락 좀 자주 해. 해외 나갔는데 연락 없으면

걱정돼."

엄마의 말에 혜성은 가슴이 먹먹해졌다. 지효
의 가족들도 분명 이런 심정이겠지. 하지만 혜성
은 스스로를 설득했다.

'내가 나서지 않아도 가족들이 이미 찾고 있을
거야. 괜히 나서서 대사관에 신고하면 더 복잡해
질지도 몰라.'

통화를 마치고 돌아와 숙소 문을 열자 거실
한쪽에 놓인 길우의 배낭이 보였다. 기사를 읽은
탓인가 배낭에 붙은 여러 나라의 국기 와펜 중
그동안은 눈에 잘 띄지 않던 튀르키예 국기가
오늘따라 유독 시야에 걸렸다. 혜성은 잠시 망설
이다가 무심한 척 물었다.

"튀르키예도 갔었어?"

길우가 고개를 끄덕이며 배낭을 정리했다.

"응. 얼마 전에."

"얼마 전에 갔다고? 언제?"

"저번 유럽 돌 때, 그땐 동유럽 돌다 튀르키예
에서 아웃했거든. 왜?"

"그게 한 달 전쯤이야?"

"글쎄, 아마 그쯤인 거 같은데……."

길우의 대답에 혜성은 짧게 "그렇구나"라고 답했으나, 마음은 이상한 의심으로 불안했다.

그날 밤도 혜성과 길우는 같은 침대에 누웠고 길우는 당연하다는 듯 혜성을 끌어안았다. 혜성은 전날 잠을 설친 탓에 빨리 잠들었지만, 깊은 잠은 아니었다. 새벽녘, 잠에서 깬 혜성은 조심스레 몸을 일으켜 거실로 나왔다.

그러곤 소파에 앉아 고개를 푹 숙인 채 한참 가만히 있었다. 심장이 이유 없이 빠르게 뛰었다. 무엇이 문제인지 정확히 설명할 길 없는, 알수 없이 불길한 기운이 온몸을 조여 왔다.

'내가 지금 뭐 하고 있는 거지?'

자신이 어딘가 돌아갈 수 없는 곳으로 들어와 있다는 기묘한 감각이 짙어졌다. 창밖으로는 새벽 공기가 스며들고 있었다. 골목의 가로등 불빛은 하나둘 꺼져가고, 세비야의 새벽은 숨소리조차 들리지 않을 만큼 적막했다. 혜성은 멍하니 창밖을 바라보다가, 오늘 그라나다로 가는 버스를 타야 한다는 사실을 떠올렸다.

여행은 당황스러웠던 첫날과 달리 겉보기에는 계획대로 흘러가고 있었다. 그럼에도 혜성은 이 여행이 자신이 상상했던 여행과 점점 멀어지고 있다고 느꼈다.

혜성은 이제 길우와 함께가 아니라 혼자 그라나다를 가고 싶어졌다.

3. 그라나다에서

그라나다도 지효가 에어비앤비로 세비야와 비슷한 아파트먼트를 예약했었다. 혜성은 세비야에서 숙소 문제를 해결할 때 영어가 능숙하지 않다는 이유로 길우가 직접 호스트와 연락했던 일이 걸렸다. 너무 길우에게만 의지한 것 같아 길우와 헤어져 다닐 걸 대비하기 위해서라도 이번에는 스스로 해결해보고 싶었다.

세비야의 버스 터미널에서 그라나다행 버스를 기다리던 혜성은 번역 앱으로 미리 작성한 영어 문장을 휴대폰 메모장에 적어두었다.

Excuse me, the person who booked this accommodation, Ji-hyo Park, didn't start the trip with us. I have the reservation confirmation; is it possible for me to check in?

실수가 없는지 몇 차례 확인한 후 이메일을 보내고 나니 마치 작은 시험을 치른 기분이었다. 곧 버스가 터미널로 들어오자 혜성과 길우는 버스에 올라 자리를 찾아 앉았다. 그라나다까지는 약 세 시간이 걸릴 예정이었다. 길우는 금세 눈을 감았고, 혜성은 창밖으로 스쳐 지나가는 안달루시아의 풍경을 바라보았다. 출발한 지 10분쯤 지났을까, 휴대폰에 숙소 호스트로부터 메일 답신이 도착했다는 알림이 떴다.

We already received Ji-hyo Park and Hye-sung Lee's passports. The door code and key location were sent previously.

짧은 문장이었지만, 혜성은 그 메일을 읽고 또 읽었다. 혹시나 싶어 번역 앱으로도 돌려 한 번 더 확인했다. 분명히 메일에는 혜성과 지효의 여권 사본을 이미 받았고 체크인이 완료됐다는 내용이 적혀 있었다. 혜성은 옆에서 눈을 감고 있는 길우를 쳐다봤다. 세비야 숙소 체크인 때문에 자신의 여권 사본을 길우에게 건넨 적이 있었다. 하지만 지효의 여권 사본을 숙소에 보낼 수 있는 사람은 지효뿐이었다.

'지효가 장난치는 건가? 그라나다 숙소로 올 건가?'

예상치 못한 전개에 당황한 혜성은 가방을 열었다 닫았다 하며 메일 내용을 다시 확인했다. 부산스러운 움직임에 길우가 눈을 뜨고 흘낏 쳐다봤다.

"어, 맞다. 그라나다 숙소도 내가 전화해서 미리 해결했어. 체크인도 했고."

"어? 진짜?"

혜성은 잠시 생각했다.

'호스트가 나한테 보낸 답 메일에 이름을 잘못

적은 건가?'

호스트가 이메일에 실수로 지효와 자신의 여권을 받았다고 썼을지도 몰랐다. 전화로 이야기 나눈 뒤 여권을 보낸 '새' 게스트의 이름을 세세히 신경 쓰지 않았을 수도 있고 말이다. 별것 아닌 문제를 너무 예민하게 꼬아서 보다 보니 머릿속이 더 복잡해진 것 같았다. 여행을 와서까지 불신과 불안에 휘둘리고 있다는 사실이 자신조차도 답답했다. 문득 남자친구였던 태영이 예전에 했던 말이 떠올랐다.

"심플하게 생각하면 아무것도 아닌 일을 넌 항상 네가 피해 입는 쪽이라 생각하고 파고드니까 복잡해지고 억울해지는 거야."

돌이켜보면 '스튜디오 바이브스'에서 낙오된 직원은 자신뿐이었다. 대표를 싫어하는 사람이야 있었지만, 누구도 그의 태도를 대놓고 문제 삼지 않고 그럭저럭 적응하며 일을 이어갔다. 어쩌면 태영의 말이 맞을지도 몰랐다. 모든 관계를 흩트리고 망쳐놓는 건 상대가 아니라 늘 자신이었다.

태영은 무난한 사람이었다. 대부분의 사람들과 잘 지냈고 자기주장을 강하게 내세우지도 않았다. 그런 태영에게 먼저 싫증을 느낀 건 혜성이었다. 취향 없이 무엇이든 좋다고만 하는 태영의 무색무취한 태도가 어느 순간 답답하게 느껴졌다. 반면 태영은 혜성이 어떤 실수를 하든 둥글게 넘어가곤 했다. 혜성에게 태영의 무던함은 분명 장점이자 단점이었다. 하지만 태영의 그 특성을 끝내 단점으로만 받아들인 혜성은 결국 관계를 끝냈다.

길우에 대한 불안 역시 혜성이 스스로 만들어 낸 감정일 수도 있었다. 숙소 문제로 스트레스를 받던 자신을 위해 길우는 즉시 호스트에게 전화를 걸어 체크인을 마쳤고, 호스트는 아무 생각 없이 예약자 이름인 지효를 메일에 적었을 가능성은 충분했다. 그 지점을 물고 늘어지면 괴로운 건 혜성 자신뿐이었다. 태영의 조언처럼 생각을 '심플하게' 할 필요가 있었다.

'심플하게. 심플하게.'

그 생각을 새기듯 혜성은 되뇌었지만……

'아이 씨! 심플해지지가 않아!'

사람은 한순간에 바뀌지 않는다. 혜성은 휴대폰으로 '창문 너머 유럽' 카페의 Q&A 게시판에 궁금한 점을 적어 게시 글을 등록했다. 휴대폰만 뚫어져라 쳐다보고 있는 혜성을 보곤 길우가 일어나 팔을 툭툭 쳤다.

"왜 계속 휴대폰만 해. 눈 감고 쉬지."

"아……. 알람브라궁전 좀 검색하고 있었어."

"거기 음성 가이드 잘되어 있어서 따로 안 찾아봐도 돼. 난 스페인 처음 왔을 때 알람브라궁전이 제일 좋았어. 이번에 또 갈 계획은 없긴 했는데……. 당연히 미리 예약도 안 했고. 네가 티켓이 두 장이니까, 네 덕분이지 뭐. 알람브라 들어가면 언덕 위에서 그라나다 전경이 다 보여. 그리고 건물마다 아라베스크 문양이 새겨진 아치랑 타일도 되게 멋지거든. 아, 나스르궁에서 내가 인생 샷 찍어줄게. 거긴 해 질 때가 진짜 멋진데. 이슬람 왕국의 마지막 궁전이니……. 알람브라궁전이 너무 아름다워서 전쟁에 진 왕이 도망치면서도 아쉬워했다고 하는데 가보면 그 마음이 뭔지 이해가 될걸."

길우는 마치 여행 가이드처럼 장황하게 이야기를 이어갔다. 하지만 그 이야기가 혜성의 귀에는 잘 들어오지 않았다. 조금 전 게시 글에 답글이 달렸다는 알림이 떠 그 글을 확인하고 싶은 마음뿐이었다.

"내일 가서 더 자세히 얘기해줘."

여전히 휴대폰을 손에 꼭 쥐고 있는 혜성을 보곤, 길우는 어쩔 수 없다는 듯 피식 웃더니 이내 다시 눈을 감았다. 길우가 눈을 감자마자 혜성은 댓글을 빠르게 읽어나갔다.

Q : 스페인 여행 중인데, 숙소를 예약한 친구가 안 와서 저 혼자 예약한 에어비앤비 숙소를 가려고 합니다. 제가 예약 확정서는 가지고 있고요. 친구가 없어도 호스트에게 잘 말하면 체크인 가능한가요?

A : 아니요. 안 됩니다. 리셉션이 있는 에어비앤비면 모르겠지만, 보통은 리셉션이 있는 곳도 왜 예약자가 체크인을 못 하는지, 예약자의 여권

사본이나 위임장 같은 경위서가 필요합니다. 못 온 친구한테 여권 사본이랑 경위서 보내달라고 하세요. 비대면 체크인 가능한 곳이면 그냥 친구한테 체크인해달라고 하시든가요. 스페인은 전화로 사정한다고 절대 해주지 않아요.

혜성은 휴대폰 화면을 끄고, 눈을 감고 있는 길우의 얼굴을 가만히 바라봤다. 버스는 점점 산악 지대를 향해 달려가고 있었다. 창밖으로 언덕과 올리브 밭이 이어졌다. 그렇게 몇 시간을 달려서야 버스는 그라나다 버스 터미널에 도착했다. 겨우 세 시간을 달려왔을 뿐인데, 산자락에 층층이 자리 잡은 붉은 지붕의 집들, 건조한 황톳빛 언덕과 그 위로 드리운 푸른 하늘이 세비야와는 전혀 다른, 새로운 풍경이 펼쳐져 있었다. 초가을의 햇살은 여전히 강했지만 공기는 세비야보다 한결 서늘했다.

길우는 무거운 배낭을 짊어진 채 터미널 입구 쪽으로 걸었고 혜성도 그 뒤를 따라갔다. 터미널 앞에는 택시들이 줄지어 서 있었다. 숙소까지는 걸어서 10분 정도였으나, 연이은 여행으로 쌓인 피로와 세비야에서 장시간 버스를 타고 온 탓에 두 사람 다 지쳐 있었다.

"우리 택시 타자, 배낭도 무겁고."

혜성이 제안하자, 숙소까지 가는 버스를 검색하던 길우는 내키지 않는지 얼굴을 찡그렸다.

"택시 타기엔 너무 가까운데."

"그러니까. 가까우니까 택시 타자고."

혜성은 자기도 모르게 짜증이 섞인 말로 받아쳤다.

"그래. 타자."

길우는 줄지어 서 있는 택시 중 한 대를 불렀다. 택시를 타자고 말한 건 자신이었는데, 정작 택시를 잡는 건 길우라니 여행의 이런 사소한 부분마다 길우에게 의지하고 있다는 사실에 괜히 민망함이 올라왔다. 택시를 탄 뒤에는 길우와 혜성 모두 이전보다 확연히 대화가 줄었다.

택시는 곧 그라나다 특유의 좁고 구불구불한 도로로 접어들었다. 차창 밖 알람브라궁전으로 이어지는 언덕길이 멀리 보였다. 고풍스러운 하

얀 건물들이 시야를 스쳐 지나갔다. 택시가 알
람브라궁전 근처의 아파트먼트 건물에 멈춰 섰
다. 스페인 특유의 노란 벽돌 외벽에 검은 철제
발코니가 있었고, 입구 문 옆에는 초인종 패널이
붙어 있었다. 길우가 자신이 받은 메일을 확인하
며 건물 공동 현관문 비밀번호를 눌렀다. 안으로
들어가 계단을 오르자 숙소 문 앞에 열쇠가 걸
려 있었다. 그 열쇠를 다시 돌려야 방으로 들어
갈 수 있었다. 내부는 세비야와 마찬가지로 거실
하나와 방 하나가 있는 단출한 구조였다.

숙소에 들어서자마자 배낭을 내려놓은 혜성
은 곧장 침실에 붙은 작은 발코니로 나갔다. 의
자 하나와 테이블 하나가 간신히 놓여 있는 좁
은 공간이었음에도, 발코니 문을 닫자 그제야 자
신만의 공간을 얻은 듯 불안이 조금 잦아들었다.
잠시 후 침실로 들어선 길우는 발코니에 서서
길가를 멍하니 내려다보는 혜성을 한동안 가만
히 지켜보았다. 그러다 발코니의 유리문을 두드
렸고 혜성이 문을 열자 천천히 안으로 들어섰다.
그러곤 말없이 혜성의 어깨를 감싸안았다.

"잠깐 쉬었다가 알바이신 지구나 걸을까?"

혜성이 본능적으로 몸을 빼며 밀치자 길우는 당황한 듯 표정이 굳었다.

"왜 그래?"

"아⋯⋯. 그냥, 피곤해서. 나 우리 마실 물 좀 사 올게."

"같이 갈까?"

"아니야. 나가서 엄마한테 전화도 할 겸 금방 다녀올게."

길우의 제안을 거절한 혜성은 혼자 밖으로 나섰다. 발길 가는 대로 무작정 거리를 걷기 시작했다. 근처에 마트가 보여도, 안 보여도 상관없다는 듯 걸음을 멈추지 않았다. 그냥 숙소로부터 멀어지고만 싶었다.

그렇게 20분쯤 걷자 작은 마트 하나가 눈에 들어왔다. 그곳에서 생수와 간단한 과일을 골라 든 뒤 시간을 확인하니 오후 4시, 한국 시간으로 밤 11시였다. 혜성은 가장 친한 친구 정예가 아직 잠들지 않았기를 바라며 마트 밖 벤치에 앉아 숨을 고르고 보이스톡을 걸었다. 몇 번의 신호음이 가다 익숙한 목소리가 스피커 너머로 들려왔다.

"오, 이혜성. 여행 잘 다니고 있냐?"

"정예야. 너 아직 안 자?"

"나 자려고 지금 침대 누웠어. 왜, 거긴 지금 몇 시야?"

"미안. 내가 너한테 할 말이 있는데……."

"뭐야. 뭔데?"

"나 지금 스페인 그라나다야. 같이 여행하는 사람은 서른두 살 윤길우라는 남자야. 혹시 몰라서 말하는 건데……."

혜성은 휴대폰 사진첩을 열어 길우와 함께 찍었던 사진 한 장을 정예에게 전송했다.

"오……. 뭐야, 너 갑자기 이 밤중에 전화해서 자랑하는 거야?"

"아니. 그런 게 아니고……. 그냥……. 이 사진 저장 좀 해두고 있어줘."

혜성은 정예에게 어떻게 말해야 할지 정리가 되지 않았다.

"엄마는 걱정하고 화낼까봐 말 못 하고…….

너한테 연락한 거야."

"왜? 뭔데? 너 이상해. 무슨 일 있어?"

"혹시라도 내가 9월 18일 이후로 연락이 안되면…… 이 사진이랑 내가 지금 말한 거 다 기억해줘. 동행자는 윤길우, 서른두 살. 내가 카톡으로도 지금 묵고 있는 숙소 주소랑 보내둘게."

"야! 뭔데? 그 남자가 뭐 어떻게 했어? 뭔데? 이상하면 당장 스페인 경찰서라도 가!"

혜성의 상황이 심각하다고 짐작한 정예가 목소리를 높였다.

"아니야……. 아직은 아무 일도 아니야. 그냥 혹시나 해서, 내가 남자랑 다니는 걸 엄마한테는 말 못 하니까. 너한테라도 말해두는 거야. 낯선 사람이랑 같이 다니는 거니까……. 진짜 혹시나 해서."

"너는 진짜……. 걱정되게. 너 연락 안 되면 내가 바로 너네 엄마한테 연락한다."

"알았어. 매일 생존 신고할게. 얼른 자. 내일 일찍 출근이잖아."

"낼 일요일이야! 너 스페인까지 가서 멍충멍

충하지 좀 마!"

"아, 맞다."

정예가 황당해하자, 혜성의 입에서 웃음이 터져 나왔다. 정예는 혜성이 요일과 시간을 헷갈리거나 길을 못 찾을 때마다 '멍충멍충'이라 놀리곤 했다.

전화를 끊자마자 혜성은 마트 봉지를 꼭 쥔 채 천천히 걸었다. 고개를 들자 주변 골목 풍경이 비로소 보였다. 사람 하나 겨우 지나갈 수 있을 만큼 좁은 길 양옆으로 작은 가게들이 다닥다닥 붙어 있었고 진열대에는 아랍 문양이 새겨진 접시와 금속 램프 같은 장식품들이 놓여 있었다. 한 나라를 여행하는 기분이라기보다 마치 또 다른 세상에 들어선 것 같았다. 자신은 도대체 어디로 와버린 것일까.

숙소로 돌아오자 길우가 소파에 미동도 않고 앉아 있었다. 혜성이 어제부터 자신과 거리를 두고 있다는 걸 길우도 느낄 터였다. 길우는 생각이 많아졌는지 표정이 굳어 있었다.

"가까운 데에 마트 없었어?"

"응…… 내가 길치여가지고 좀 헤매서……."

혜성이 길우의 눈을 피하며 대답했다. 혜성의 시선은 다시 길우의 배낭에 붙은 와펜 중 튀르키예 국기로 향했다.

"근데 튀르키예 여행은 어땠어?"

"거기도 좋아. 지형이 멋있는 곳도 많고."

"거기 한 달 전 여행했을 때 파묵칼레란 곳도 갔었어?"

한국인 여성 실종자가 파묵칼레 방문 이후로 행방이 끊겼다는 기사를 떠올리면서 일부러 물었다.

"갔었지. 튀르키예에서 이스탄불이랑 파묵칼레랑 카파도키아는 기본으로 다들 가니까."

"그럼 한 달 전에 파묵칼레에 있었던 거야?"

길우가 의아하다는 듯 혜성을 봤다.

"왜 자꾸 튀르키예 여행을 물어?"

의심의 눈초리를 보내면서도 길우는 배낭에서 작은 가죽 수첩을 꺼내 뭔가를 확인했다.

"아, 아니네. 한 달 전은 아니고 한 달 반 정도 됐네. 이스탄불에서 아웃한 게."

수첩을 다시 배낭에 넣고 지퍼를 닫는 길우를 본 혜성은 마트에서 사 온 생수와 과일을 냉장고에 넣으며 고개를 끄덕였다.

"오늘 저녁은 밖에서 먹지 말고 여기서 해 먹을래? 내가 파스타 해줄까?"

혜성의 심란한 표정을 읽었는지 길우가 힙색을 고쳐 메고 일어서선 제안했다.

"그래. 내가 마트 어디 있는지 봐뒀으니까 거기 가서 이따 사 오자."

"아니야. 너 쉬어. 내가 근처 알바이신 지구 돌아보고 오는 길에 사 올게. 너 혼자 있고 싶잖아. 혹시 너도 나갈 거면 열쇠가 하나니까 나한테 연락만 해줘."

길우는 혜성의 마음을 꿰뚫어 본 것처럼 덤덤히 말하곤 혼자 밖으로 나갔다. 문이 닫히고 홀로 남은 혜성은 자신이 길우의 기분과 여행마저 망치고 있다는 생각에 마음 한구석에 어쩐지 미안한 감정이 들었다. 발코니로 나가 의자에 몸을 기대앉자 골목 끝으로 멀어져 가는 길우의 뒷모습이 눈에 들어왔다.

그라나다의 저녁 공기는 낮보다 훨씬 서늘했고, 거리를 메운 가로등이 이국적인 그림자를 길게 늘였다. 좁은 골목길에는 현지인들이 평온한 얼굴로 저녁 시간을 보내고 있었다. 근처 카페 앞 노천 테이블에 앉아 와인을 즐기는 연인과 아이의 손을 잡고 산책하는 부부를 무심히 바라보다가 혜성은 자신이 한국을 떠난 지 겨우 닷새밖에 지나지 않았다는 사실을 떠올렸다. 여행은 자신과 맞지 않았다. 모두가 여행하길 원하는 곳에서, 혜성은 오히려 숨 막혀 하던 한국에서의 일상을 그리워하고 있었다. 익숙한 버스 정류장, 매일 같은 편의점에서 사던 커피, 주말마다 들르던 서점에서 보내던 시간들……

'치, 다들 거짓말했어. 뭐? 해외로 여행을 가면 새로운 것들이 보이고 새로운 감각이 열린다고? 뭔가 다들 큰 깨달음이라도 얻은 것처럼 굴고. 뭐야, 그냥 케바케잖아. 더 외롭기만 하고…….'

괜히 이유를 알 수 없는 울음이 불쑥 솟구쳤다. 여행은 아직 닷새나 더 남아 있었다. 그라나다로 오기 전 길우와 헤어져 혼자 여행할 걸 그랬다고 후회했다. 오늘 밤에라도 각자 여행하자고 말할 수 있을까. 혜성은 길우에게 늘어놓을 변명을 머릿속으로 정리했다. 여행 초반에는 지효가 나타나지 않아 도움이 필요했었다고, 하지만 이제 혼자 부딪히며 여행을 해보고 싶다 말할 작정이었다.

저녁 9시 넘어서야 길우가 두 손에 가득 장을 봐서 들어왔다. 길우는 홀로 시간을 보낸 혜성의 기분이 조금이나마 풀렸나 눈치를 살피며 스페인 스낵들을 하나씩 꺼냈다.

"배고프지? 이거 여기 과자야. 먹어봐. 내가 너 맛보라고 종류별로 사 왔어. 많이 먹지는 말고. 올리브랑 토마토도 사 왔어. 파스타 금방 해줄게. 마트에 와인도 싸더라고. 그래서 스페인 와인도 하나 샀어. 거기 마트에서 현지 사람이 추천해준 걸로."

길우는 평소보다 말을 많이 하며 파스타를 요리했다. 혜성이 돕겠다고 일어났지만 한사코 혼자 하겠다 했다. 잠시 후 테이블 위에는 와인과

파스타, 샐러드까지 갖춰진 꽤 그럴듯한 식탁이 차려졌다. 식사를 사이에 둔 채 마주 앉아서도 혜성은 여전히 길우에게 '이제 각자 여행하자'는 말을 언제 어떻게 꺼낼지 고민 중이었다.

"혜성아, 나 사실……. 네가 그랬잖아. 왜 나에 대한 얘기를 잘 안 하냐고. 나도 알바이신 지구 걸으면서 그 생각을 했거든. 내가 자꾸 나를 숨기니까 네가 속상했을 것 같아."

"아니야. 나 이해해. 나도 사적인 거 집요하게 캐묻는 사람 안 좋아해."

"나는……. 나는 그냥 자신이 없었어. 난 늘 관계에서 실패하는 사람이었거든. 사람들한테 나를 솔직하게 드러내는 게 부끄럽기도 하고."

길우는 조곤조곤 자신의 이야기를 시작했다.

"내가 오랫동안 행정고시를 준비했다고 했잖아. 친구들은 하나씩 시험에 붙거나 취업을 했는데 나만 떨어졌어. 그 친구들 나보다 수능 성적도 안 좋았었는데. 그러다 내가 공부를 오래 하니까 돈이 떨어져서…… 학원에서 애들 수학 가르치며 시험공부를 병행했는데 강사라는 게 내

성격이랑 맞지 않더라고. 나는 에너지를 쉽게 소
진하는 사람이라⋯⋯. 강사는 아이들한테 에너
지를 나눠줘야 하는 일이라 강의를 하고 나면
매일 내가 뜯겨 나가는 기분이었어. 그래서 시험
에 계속 떨어졌던 거 같기도 해⋯⋯."

길우는 진심이 최대한 전해지길 바라며 이야
기하고 있었다. 혜성도 머뭇대면서도 이야기를
이어나가는 길우의 모습에 이번만큼은 길우가
솔직하게 자신의 이야기를 하고 있다고 여겼다.

"그러다 시험도 강의도 다 관두고 여행을 떠
났어. 뺏겨버린 에너지를 되찾고 싶어서. 내 안
에 뭔가를 채워 넣어야겠는데 여행을 가면 채워
질 거라고 생각했거든. 매일 새로운 거리, 새로
운 사람을 만나니까 점점 에너지를 얻고 자신감
도 생기더라고. 네가 한국에서 내가 어떻게 지내
고 어디 사는지 물었을 때 말을 안 한 게 한국에
서는 내내 움츠려 있어서 그때의 나에 대해 별
로 말하고 싶지 않았던 거였어."

혜성은 길우의 심정을 이해할 수 있을 것 같
았다. 자신 역시 이 짧은 여행을 결심했던 이유

가 한국에서의 실패와 좌절 때문이었으니까.

"맞아. 사회생활 시작할 때……. 다들 나를 어린애처럼 대하다가, 또 일에서는 막 책임감 있는 사람으로 굴기를 바라잖아. 아무도 내 실수를 용납하지도 않고. 다들 나한테서 뭔가 뜯어 가려고만 해."

혜성은 자신이 한국에서 다녔던 회사와 대표에게 당했던 일을 길우에게 털어놓았다. 길우는 혜성의 말을 끊지 않고 끝까지 들었다.

"잘 그만뒀어. 그런 사람 옆에 있으면 끝까지 괴롭힘당했을 거야. 빨리 탈출하는 사람이 이기는 거야. 그리고 이번 여행으로 그 일들은 다 잊어. 괴로운 시간은 빨리 잊는 사람이 승자야."

길우의 단호한 위로에 혜성이 미소를 지었다.

"지효도 그렇게 위로해줬는데."

'지효'라는 이름이 나오자 길우의 표정이 순간 굳었지만 이내 아무렇지 않은 척 잔을 들어 올렸다. 동행을 멈추고 각자 여행하자고 말해야 한다는 부담감 탓인지 혜성도 연거푸 와인 잔을 비웠다. 둘은 그렇게 와인 한 병을 마셨다. 혜성은 술기운에 몸이 나른해져 말수가 늘어났다. 그러나 정작 오늘 밤에 해야겠다고 다짐했던 말은 꺼내지 못했다.

알코올로 얼굴이 새빨개진 길우가 먼저 침실로 들어가 쓰러지듯 잠들었다. 혜성은 술에서 깨기 위해 거실 창을 연 뒤 소파에 앉아 밤공기를 들이마셨다. 금세 깊이 잠들었는지 거실까지 길우의 얕게 코 고는 소리가 들렸다.

문득 혜성의 시선이 소파 옆에 놓인 길우의 여행 배낭으로 향했다. 방금 전에 들은 길우의 이야기는 충분히 진정성 있게 느껴졌지만, 이상하게도 마음 한편의 불안은 좀처럼 가라앉지 않았다. 길우가 여전히 자신에게 숨기는 것이 있는 듯했다. 이 불안을 그대로 두고는 도무지 잠들 수 없을 것 같았다.

혜성은 조심스레 길우의 배낭으로 다가가 숨을 고르고 지퍼를 천천히 열었다. 안에는 옷가지와 세면도구, 지도, 충전기, 여행용 칼, 그리고 잘 정리된 작은 파우치들이 있었다. 혜성의 눈길은 파우치 아래쪽에 멈췄다. 그곳에는 아까 길우가 펼쳐 확인했던 작은 가죽 수첩이 있었다. 여행 중 느낀 감정이나 단상을 적는 일기장처럼 보였 다. 혜성은 길우가 적어둔 튀르키예 일정을 직접 확인하고 싶었다. 나쁜 짓이란 걸 알면서도 길우 의 수첩을 펼쳤다.

수첩에는 정작 사적인 이야기보다 꽤 구체적 인 여행 루트와 쓴 돈, 그 여행지의 정보가 정갈 하게 적혀 있었다. 수첩 안쪽 가죽 포켓에는 종 이 한 장이 꽂혀 있었고 뒷면의 포켓에는 배터 리가 완전히 나가 전원이 꺼진 휴대폰 한 대가 들어 있었다. 그 휴대폰은 혜성이 알고 있는 길 우의 휴대폰이 아니었다. 예비 휴대폰을 따로 들 고 다니는 여행객이 과연 흔할까 하는 생각이 스쳤다. 혜성은 이 의심을 외면하지 못하고 잠시 망설이다 휴대폰을 충전기에 꽂았다. 전원이 켜 지자 잠금 화면이 나타났다. 비밀번호가 걸려 있 었으나 화면 위에 뜬 새 메시지가 왔다는 알림 은 확인할 수 있었다.

잠금이 돼 있어 더 뭘 알아볼 수 없는 휴대폰 은 일단 두고 이번엔 수첩 앞 포켓에 꽂힌 종이를 꺼내 펼쳤다. 그러자 익숙한 얼굴과 이름이 보였다. 분명 지효의 사진과 이름이 적힌 여권 사본이었다. 당혹감에 종이를 쥔 손이 떨렸지만, 혜성은 마음을 진정시킨 후 혹시나 하는 마음에 자신의 휴대폰을 들고 지효의 카카오톡 계정을 찾아 메시지를 보냈다.

　—지효?

　순간, 그 낯선 휴대폰으로 새 메시지가 도착했다는 알림이 떴다. 설마 하며 재차 지효에게 메시지를 보냈다.

　—지효!

　그러자 다시 휴대폰에 새 메시지 알림이 떴다. 그제야 내내 혜성을 괴롭히던 길우에 관한 막연한 불안과 의심이 확신으로 굳어졌다. 술기운이 뒤섞여 뿌연 안개처럼 흐려져 있던 머릿속의 생각들이 갑자기 차갑게 식어 선명한 윤곽을 드러냈다. 길우의 정확한 튀르키예 일정은 미처 확인하지 못한 채 혜성은 떨리는 손끝을 억지로 다잡으며 휴대폰과 종이를 제자리에 돌려놓았다. 그리고 배낭의 지퍼를 닫을 때까지 어떤 소리도 새어 나가지 않게 신중을 기했다.

　침실로 돌아온 혜성은 자신의 배낭 앞에 쪼그려 앉았다. 풀어놓았던 짐을 길우가 깨지 않도록 조심스레 싸기 시작했다. 지퍼 소리가 들리지 않게끔, 작은 물건 하나하나를 천천히 넣었다. 배낭을 메고 혜성은 현관 앞으로 갔다. 문을 열 때 손잡이가 덜컹거리지 않도록 온 힘을 다해 집중했다. 발소리와 문 닫는 소리마저 들리지 않게 숨죽이며 문을 닫았다. 그리고 아주 빠르게, 길우에게서 도망쳤다.

　그라나다의 밤거리는 낮과 달리 미로 같았다. 돌길은 경사가 심한 데다 가로등이 골목마다 드문드문 켜져 있었다. 혜성은 어디로 가는지도 모른 채 걸었다. 좁은 골목마다 플라멩코 연주 소리가 새어 나왔고 술집에서 나온 사람들이 웃으며 노래를 불렀다. 그들은 이곳의 평범한 밤을 즐기고 있었지만 혜성에게는 이 도시 전체가 낯설고 위협적으로 느껴졌다. 혜성은 알람브라궁전이 보이는 언덕으로 이어지는 계단을 무작정

올랐다. 숨이 가빠 왔지만 멈추지 않았다.

'지금 어디까지 왔지? 어디로 가야 하지?'

사람들의 웃음소리와 기타 소리가 오히려 혜성을 불안하게 만들었다. 마치 누군가 따라오는 듯한 기분에 몇 번이나 뒤를 돌아봐야 했다. 두 손으로 배낭끈을 꼭 잡았다. 발걸음을 멈출 수 없었다. 어디든, 길우가 있는 곳에서 최대한 멀어져야 했다.

그렇게 혜성은 벤치와 나무가 있는 작은 공원에 다다랐다. 멀리, 어둠 속을 떠받치듯 고풍스러운 알람브라궁전의 전경이 조명에 환히 빛나고 있었다. 많은 여행객이 스페인에 오면 알람브라궁전만은 반드시 봐야 한다고 말했다. 입장권은 한 달 전부터 예매해야 한다는 말에 혜성 역시 여행 일정에서 가장 먼저 날짜를 정해 예약해두었던 곳이다.

하지만 혜성은 이제 자신이 저곳에 끝내 들어가지 못할 것이라는 사실을 어렴풋이 알고 있다. 그 생각 때문이었을까. 한밤중에 바라본 알람브라궁전은 화려하기보다 유난히 쓸쓸해 보였고,

그 모습에 복받쳐 갑자기 눈물이 흘렀다. 그 눈물이 알람브라궁전을 보고 감상에 젖은 탓인지 엉망이 된 여행 탓인지 아니면 여기까지 와서도 마주해야 하는 자신의 나약함 탓인지 알 수 없었다.

혜성은 벤치 위에 앉아 다리를 끌어안은 채 몸을 최대한 작게 말았다. 주위에는 아무도 없었다. 관광객도, 지나가는 현지인도. 고요한 새벽 공기가 낯선 도시의 공포와 외로움을 더 크게 부풀렸다.

문득 바르셀로나의 첫날 밤이 떠올랐다. 공항에서 지효를 기다리며 배낭을 끌어안고 앉아 있던 시간. 어디로 가야 할지, 무슨 일이 벌어질지 전혀 알 수 없었던 그 막막함. 공항에 되돌아가기 위해 버스를 기다리다 카탈루냐광장에서 울던 자신의 모습이 선했다.

'그날 길우를 만난 게 우연이 아니었어.'

혜성은 속으로 중얼거렸다. 길을 잃고 낯설기만 했던 도시에서 기댈 수 있는 존재가 나타났을 때의 안도감은 너무 컸다. 그래서인지 길우의 친절을 전혀 의심하지 않았다. 의심은 염두에 조차 두지 않았다. 곱씹어보면 이상한 점이 많았다. 첫날부터 자신을 지나치게 자연스럽게 도와준 일도, 지효에 대한 걱정을 꺼낼 때마다 애써 화제를 피하던 태도도 당시엔 대수롭지 않게 넘겼으나, 지금은 하나하나가 의심스러웠다.

'도대체 나한테 원하는 게 뭐지?'

혜성은 무릎을 끌어안은 채 계속 생각 속으로 파고들었다.

'도쿄에서, 아니 어쩌면 경유지인 파리에서 지효를 어떻게 한 걸까? 정말로 지효를 해쳤다면 왜 군이 지효와 동행하기로 했던 내 앞에 나타난 걸까?'

길우는 지효가 도쿄에서 어렵게 구입했다던 GR3 카메라까지 가지고 있었다. 어렴풋하게 윤곽은 잡혔으나 분명하게 이해되지 않는 상황에 혜성은 답답했다. 술은 깼지만 머릿속이 더 어지러웠다.

'대사관으로 가야 해.'

지효의 지인과 연락할 방법이 없는 지금, 마드

리드에 있는 대사관을 찾아가야 했다. 그래야 지효의 출입국 기록이라도 확인해 언제 어디서부터 지효가 연락이 두절된 건지 알 수 있을 터였다. 혜성은 급히 휴대폰을 꺼내 검색했다. 마드리드 아토차역으로 가는 첫차는 오전 6시 55분에 출발이었다.

그렇게 한참 동안 인적 없는 언덕에 숨은 듯 앉아 있던 혜성이 깜빡 졸다 눈을 떴을 땐 아직 새벽 4시를 조금 지났을 뿐이었다. 기차 시간까지는 세 시간이나 더 남아 있었다. 시간이 너무나도 느리게 흘렀다. 길우가 깨어나 자신이 없다는 걸 알게 되면 어떻게 될까. 짐까지 모조리 챙겨 나온 걸 확인하면 분명 자신을 찾을 것이다. 그 상상만으로도 몸서리가 쳐졌다. 길우와 마주치는 상황을 떠올리자 숨이 막혔다.

혜성은 자리에서 일어나 알람브라궁전 근처의 좁은 골목을 천천히 걸었다. 그라나다역까지는 걸어서 40분 이상 걸리는 거리였지만, 걷기라도 해야 마음이 조금이나마 진정될 것 같았다. 방향을 몇 번이나 잘못 잡았는지도 모른 채, 혜성은 같은 골목을 몇 번이고 맴돌았다. 길을 헤맬수록 오히려 뒤엉킨 감정은 한 방향으로 명료해져갔다.

어두운 새벽, 그라나다역 앞에 도착한 건 6시를 막 넘긴 시각이었다. 고속 열차를 타기 위해 엑스레이 검색대 앞에서 줄을 서는 동안 혜성은 자기도 모르게, 금방이라도 길우가 나타날 것만 같아 한 번씩 뒤를 돌아봤다. 다행히도 보이는 건 낯선 여행객들뿐이었다. 검색을 마치고 플랫폼에 서자 차가운 공기가 얼굴에 닿았다. 혜성 옆에는 큰 배낭을 멘 서양 여성 두 명이 열차를 기다리고 있었다. 혜성은 그들을 빤히 바라봤다. 지효와 함께였다면 지금쯤 저렇게 함께 서 있었을까, 그런 생각이 스쳤다. 혜성의 시선을 느낀 서양 여성 중 한 명이 혜성을 향해 살짝 미소 지었다.

"Where are you from?"

"사우스코리아. 앤드 유?"

"We're from France."

여성이 대답하더니, 혜성이 자신들과 같은 여

행자라고 여긴 듯 가볍게 여행 소회를 나누려 했다.

"Did you enjoy Granada?"

"예스."

혜성은 최대한 자연스럽게 웃어 보이려 노력하며 대답했다.

"그라나다 이즈 어 뷰티풀 시티."

"Did you see the Alhambra? The Nasrid Palaces are stunning, aren't they?"

그 질문에 혜성이 당황해 자기도 모르게 얼굴이 굳었다.

"노…… . 아이 해븐트 씬 더 알람브라."

혜성의 얼굴빛이 순식간에 어두워지자 여성은 미안하다는 듯 짧게 웃곤 더는 질문하지 않았다. 대화는 거기서 끝났다. 다시 혼자 플랫폼에 서서 열차를 기다리던 혜성은 새삼 자신이 그라나다까지 와서 알람브라궁전을 보지 않은, 꽤 드문 여행자일지도 모른다는 생각에 피식 웃음이 났다. 확실한 건 그라나다에서 보낸 시간만큼은 평범한 여행자의 모습과는 거리가 멀다는 점이었다.

사위가 점점 밝아오고 있었다. 9월의 그라나다는 오전 7시 전후로 서서히 밝아졌다. 와중에도 혜성은 끊임없이 뒤를 돌아보았다. 길우가 자신을 찾아올지도 모른다는 두려움은 쉽사리 사라지지 않았다. 마침내 기차 탑승이 시작되고 서둘러 열차 안으로 들어가 좌석에 앉고 나자 혜성의 긴장이 조금 풀렸다. 그래도 완전히 안도할 수는 없었다. 마드리드의 대사관에 도착하기 전까지는.

4. 마드리드에서

마드리드 아토차역에 도착한 것은 오전 11시가 다 되어서였다. 기차에서 토막잠을 자긴 했으나 밤을 거의 새다시피 한 혜성의 눈은 퉁퉁 부어 있었고, 기차에서 내린 순간부터 심장은 불규칙적으로 뛰었다. 머리 위로 웅장한 철제 천장이 펼쳐져 있었지만, 그런 걸 유심히 살펴볼 여행자의 여유 같은 건 없었다. 머릿속에는 오직 한 가지, '대사관에 가야 한다'는 결심뿐이었다. 아토차역은 여행객과 가족 단위 인파가 섞여 북적거렸다. 커다란 캐리어를 끄는 사람들 사이로 배낭을 멘 혜성은 무겁게 발걸음을 옮겼다.

머리가 멍해 마치 여행 첫날인 것처럼 자동판매기에서 지하철표를 사는 것도 쉽지 않았다. 카드 삽입 방향을 여러 번 바꾼 끝에 겨우 티켓이 나왔다. L1 라인을 타기 위해 복잡한 통로를 따라 플랫폼으로 내려갔다. 지하철 객차 안은 사람들의 잡담과 광고 음성이 뒤엉켜 시끄러웠다. 혜성은 창밖에 스쳐 지나가는 마드리드의 어두운 터널을 바라보며 스스로를 다독였다.

'괜찮아, 이제 대사관에만 가면 돼.'

지하철에서 내려 대사관이 있는 주택가로 향하자 관광지와 달리 거리가 한산했다. 높은 담장의 주택들이 이어져 있었고, 대다수의 상점들 문은 닫혀 있었다. 극심하게 피곤하긴 해도 여기까지는 혜성의 계획대로 잘 진행되고 있었다. 하지만 대사관 건물 앞에 도착해서야 혜성의 귓가에 친구 정예가 "낼 일요일이야! 너 스페인까지 가서 멍충멍충하지 좀 마!"라고 타박했던 말이 재생됐다.

'아, 일요일!'

황급히 휴대폰을 꺼내 검색하니 대사관은 '토

요일·일요일 휴무'라는 안내가 떠 있었다. 혜성은 무거운 배낭을 바닥에 내던지듯 내려놓고 그 위에 털썩 주저앉았다.

'그라나다에서 여기까지 밤을 새우고 달려왔는데…… 일요일이라니…….'

한숨을 길게 내쉰 뒤 휴대폰으로 숙소를 찾아보았다. 대사관 근처에도 호스텔이 있었지만 혜성은 마드리드왕궁 인근에 위치한 한인 호스텔을 골랐다. 자신의 현재 상황에 대한 조언이 필요했다.

이어서 지하철 노선을 알아보니 대사관에서 그나마 가까운 역은 두케데파스트라나역이었다. 배낭을 둘러멘 채 한참을 걸어 내려가 지하철에 몸을 실었다. 열차는 마드리드 북쪽 주택가를 지나 도심으로 향했다. 30분가량 흘러 도착한 플라사데에스파냐역은 다시 많은 사람들로 북적였다. 역 밖에 나오자 왕궁이 있는 방향으로 넓은 길이 열려 있었다. 그러나 혜성은 근처의 좁은 골목을 따라 배낭의 무게에 땅으로 꺼질 것 같은 피로감을 느끼며 한인 호스텔을 찾아 걸었다.

한인 호스텔에 도착하니 40대 중반쯤 되어 보이는 부부가 혜성을 반갑게 맞았다. 체크인은 오후 3시부터였으나, 지쳐 보이는 얼굴의 혜성을 본 호스텔 주인 성미가 먼저 방을 준비해주겠다고 했다. 4인 도미토리 방에 들어가자마자 혜성은 침대 위에 주저앉았다. 창밖으로는 마드리드 한낮의 강한 햇살이 쏟아지고 있었지만, 두꺼운 커튼으로 창을 완전히 가리곤 이불을 머리끝까지 끌어 올렸다. 관광을 나가야 한다는 생각조차 들지 않았다.

몸은 더는 움직일 수 없을 만큼 무거웠고, 머릿속은 그라나다에서 길우의 배낭을 열어보던 순간으로만 가득 차 있었다. 지효의 여권 사본과 휴대폰을 확인하고 떨렸던 손과 즉시 배낭을 메고 도망쳐 나왔던 기억이 되살아나자 아찔했다.

'도대체 정체가 뭐야? 사이코? 연쇄살인마? 로맨스 스캠?'

속으로 끝없는 질문들을 쏟아내다, 이내 길우가 지효를 해쳤을 거라는 확신이 사실로 굳어졌다. 어쩌면 튀르키예에서 실종된 김지현이란 여

성도 길우에게 당한 피해자일지 몰랐다. 튀르키
예 체류 시기가 겹치는 건 물론, 이런 주도면밀
한 접근이 초범일 리 없으니까. 여행지에서의 로
맨스에 취해 경계심이 풀려, 지효의 부재를 가볍
게 넘겼다는 자책감이 밀려왔다.

"혹시 어디 아픈 거 아니에요?"

조심스레 문이 열리더니 사장인 성미가 들어
왔다.

"얼굴이 너무 창백해 보여서요. 혹시 몸 어디
불편한 데 있어요?"

"아니에요. 제가…… 그냥 좀 피곤해서……."

혜성은 억지로 웃어 보였다.

"어디 아픈 건 아니고요? 상비약 있으니까 필
요하면 얘기해요."

"네, 감사합니……."

그 말을 들은 걸 끝으로 안심이 됐는지 혜성
은 대화를 하다 말고 끊긴 필름처럼 기절하듯
잠에 빠져들었다.

네 시간 정도 잤을까. 깨어 시계를 보니 오후
5시였다. 어제저녁에 파스타를 먹은 이후로 아

무엇도 먹지 못한 상태였다. 혜성이 일어나 로비로 나가 서성이자, 남자 사장인 대영이 걱정스러운 표정으로 다가왔다.

"괜찮아요?"

"네……."

인기척을 들었는지 작은방에서 성미가 커피 포트를 들고 나왔다. 다시 "괜찮아요?"라고 묻는 성미의 얼굴에 걱정이 가득했다. 계속 사장 부부가 상태를 살피자 혜성은 자신이 꽤 심하게 지쳐 보이는구나 싶었다.

"저 뭐 좀 여쭤봐도 돼요?"

혜성이 조심스럽게 건넨 말에 성미와 대영은 흔쾌히 응했다. 그러곤 소파와 TV가 있는 응접실로 혜성을 안내한 뒤, 커피와 빵을 내왔다. 식사를 제대로 하지 못했던 혜성은 빵을 허겁지겁 먹어치웠다.

"마드리드가 인이에요? 아웃이에요?"

"저…… 아웃이요."

혜성은 입안 가득 빵을 물고 대답했다.

"며칠 있을 건데요?"

"내일 한국 가려고요."

"내일? 몇 시 비행긴데요? 마드리드 관광은 하나도 안 하고 가나 봐요."

의아해하는 성미를 보고 혜성은 머뭇거리다 말을 꺼냈다.

"실은…… 제가 내일 대사관에 갈 거거든요. 그래서 뭣 좀 여쭤보고 싶어서요."

대사관이란 단어에 성미와 대영이 동시에 안타까워하는 표정을 지었다.

"소매치기당했구나!"

혜성은 숨을 깊게 들이마시곤 조심스럽게 입을 열었다.

"아니요……. 사실은……."

바르셀로나에서부터 자신이 겪은 일을 설명하려니 피로가 몰려왔으나, 도움을 받으려면 어쩔 수 없다고 생각해 그대로 이야기를 시작했다.

"저…… 원래는 바르셀로나에서 박지효라는 친구를 만나서 동행하기로 했었는데요. 바르셀로나 공항에 그 친구가 나타나지 않았어요. 인터넷 카페를 통해 알게 된 사이라가지고 그냥 제가 바람맞았나 보다 하고 저 혼자 여행을 다녔 거든요……. 근데 왠지 그 친구한테 무슨 문제가 생겨서 연락이 두절된 것 같아요."

혜성은 그간 있었던 일을 차근차근 설명했다. 바르셀로나에서 지효와 만나기로 했던 첫날부터, 세비야와 그라나다에서 길우와 여행하며 느꼈던 이상한 기류들, 그리고 마지막에 발견한 지효의 여권 사본과 휴대폰까지. 며칠 동안의 일을 털어놓는 과정이 마치 자신의 경솔함을 인정하는 고백같이 느껴졌지만, 구체적인 도움을 받기 위해서는 감당해야 한다고 한 차례 더 마음을 다잡고 최대한 침착하게 말했다.

성미와 대영은 이야기를 다 들은 뒤 잠시 말 없이 서로를 바라봤다.

"그 사람, 절대 그냥 두면 안 되겠네요. 내일 대사관에 가서 전부 다 얘기하세요. 지효라는 친구 가족 연락처를 모르더라도, 대사관 가면 어떻게 된 건지 확인 가능할 거예요. 걱정하지 마세요. 저희가 도와줄게요."

"감사합니다."

혜성이 정중히 고개를 숙여 인사하자, 갑자기 성미가 두 손으로 혜성의 손을 꽉 잡았다.

"저희가 기도해줄게요."

성미와 대영이 혜성의 손을 각각 꽉 잡더니 고개를 숙이고 작은 소리로 기도하기 시작했다. 혜성은 성미가 대사관에 어떻게 신고를 해야 한다든가, 함께 절차를 밟아준다든가 하는 도움을 줄 거라 기대했는데 기도로 도와준다고 하니 당황했다. 하지만 곧 사장 부부의 진지한 기도에 이끌려 혜성도 손을 맞잡은 채 한참이나 지효의 안전을 빌었다. 그러곤 성미와 대영은 여기까지 왔는데 관광은 꼭 해야 한다며 친절하게 관광지를 표시한 지도를 건넸다. 혜성은 그 지도를 받아 들고 한동안 멍하니 서 있다가, 저녁도 먹을 겸 밖으로 나섰다.

적갈색 건물이 사방을 둘러싼 마요르광장은 커다란 중정같이 닫힌 공간으로 보였다. 관광지답게 노천 테라스 식당마다 맥주를 마시는 사람들로 붐볐다. 혜성은 광장을 한 바퀴 천천히 돌면서 사람들의 웃음소리를 유리 벽 너머의 소리처럼 듣다가 사장 부부가 추천해준 광장 옆 전통 레스토랑으로 들어갔다. 레스토랑의 흰 리넨이 깔린 테이블마다 가족과 연인 들이 앉아 식사를 즐기고 있었다. 혜성은 창가 구석 자리에 자리를 잡고 이베리코 스테이크와 맥주를 주문했다. 식사를 하며 귀국 항공권을 내일로 변경할 방법을 알아봤으나 당장 내일 떠날 수 있는 표는 없었다. 결국 적지 않은 수수료를 감수하고 모레 가장 이른 비행기로 일정을 변경했다. 예상치 못한 지출이 또 추가됐지만 하루 빨리 한국으로 돌아가고 싶은 마음뿐이었다.

밤 무렵 숙소 방으로 돌아오자 20대 초반 여자 여행객 두 명이 쇼핑한 물건들을 꺼내놓고 있었다. 알록달록한 마그넷과 머그 컵, 새 옷이 침대 위에 가득했다. 그 모습을 보며 혜성은 자신이 스페인에 와서 흔한 마그넷 하나 사지 않았다는 사실을 깨달았다.

"자라랑 마시모두띠 지금 세일해서 엄청 싸요. 내일 한번 가보세요."

휴양지에서나 입을 수 있을 법한 화려한 원피

스를 꺼내면서 두 친구는 여행의 즐거움을 조잘 조잘 쏟아냈다.

"내일은 어디 가요? 톨레도? 세고비아?"

혜성은 원래 계획대로라면 마드리드에서 톨레도나 세고비아 같은 소도시를 가볼 예정이었다. 자신은 못 가게 되었지만, 그들에게서라도 그곳의 이야기를 듣고 싶었다.

"저희요? 저흰 포르투갈로 넘어가요. 혹시 포르투갈 가보셨어요?"

혜성이 고개를 젓자, 여자들은 짧게 탄식을 내뱉으며 안타까워했다.

"왜요? 스페인 온 김에 포르투갈도 구경하시지. 포르투갈은 완전 유럽 같고 진짜 동화에 나오는 곳 같대요. 저희는 포르투갈에서는 여유 있게 아무것도 안 할 거예요. 그냥 길거리 버스킹 보고 해산물 잔뜩 먹고 할 건데. 포르투갈 안 가는 거 아까워요. 이왕 여기까지 오셨으니 비행기 티켓 변경하고 가보세요."

그들은 진심으로 혜성이 포르투갈에 가보길 바라는 듯했다. 하지만 혜성의 마음엔 더 이상 여행에 대한 기대나 설렘 같은 건 남아 있지 않았다. 남들이 말하는 꼭 가봐야 할 곳이나 경험해야 할 무언가가 자신에게도 의미 있으리라는 보장이 없음을 이제 어렴풋이 알고 있었다.

"전 괜찮아요. 나중에 기회가 되면 그때 꼭 가볼게요."

그 말을 끝으로 혜성은 그대로 침대에 몸을 뉘었다. 두 여행객의 들뜬 목소리는 방 안을 계속 맴돌았지만, 혜성의 마음은 즐거운 그들의 대화에 좀처럼 닿지 않았다. 그저 이 먼 곳까지 와서도 불안과 의심, 후회 같은 감정만 되풀이하고 있다는 사실이 혜성을 우울하게 만들었다. 한국에서의 답답함과 상처를 극복하기 위한 여행이었는데, 스페인에서도 자신은 도망만 치고 있었다. 그리고 다시 스페인에서 한국으로 도망칠 예정이었다.

다음 날 아침, 혜성은 무거운 몸을 일으켜 대사관으로 향했다. 오전 9시가 조금 넘은 시각, 대한민국 대사관 정문은 굳게 닫힌 채였고, 철문 옆에 인터폰과 CCTV가 설치돼 있었다. 안내판에는 영어와 스페인어로 '예약자 우선'이라는 문구가 있었다. 혜성은 조심스럽게 인터폰 버튼을 눌렀다. 처음엔 스페인어가 나왔으나 혜성이 더듬더듬 영어로 대답하자, 그제야 한국 직원이 연결되어 응대했다.

"네, 대한민국 대사관입니다. 무슨 용무로 오셨어요?"

"저…… 한국인인데요. 제가 아는 사람에게 문제가 생긴 것 같아요. 좀 위험할 수도 있는 상황이어서요."

짧은 정적 후, 철문이 열렸다. 보안 검색대에 가방을 올리고 금속 탐지기를 통과한 뒤 민원실로 들어갈 수 있었다. 약 열 평 남짓한 민원실에는 창구 두 곳과 대기용 의자가 몇 개 놓여 있었고, 벽에는 여권 재발급과 공증, 긴급 연락처 관련 안내문이 빽빽하게 붙어 있었다. 창구 안쪽에 앉아 있던 30대 중반쯤의 남자 직원이 무표정하게 물었다.

"무슨 건으로 오셨나요?"

"제가…… 같이 스페인을 여행하기로 한 친구가 며칠째 연락이 안 돼요. 혹시 무슨 사고라도 당한 건 아닌지 확인하고 싶어서요."

직원이 시선을 컴퓨터로 옮기며 말했다.

"친구분의 인적 사항이 어떻게 되나요? 이름, 생년월일, 여권 번호 아세요?"

혜성은 지효의 생일도, 여권 번호도 알지 못했다. 당황해서 길우의 가방에 있던 지효의 여권 사본을 챙겨 올 생각조차 못 한 게 크게 후회됐다.

"이름은…… 박지효예요. 여권 번호는 모르겠는데 연락처랑 사진은 제가 가지고 있어요."

혜성이 급히 휴대폰을 꺼내 저장된 지효의 사진과 연락처를 보여주자 직원은 난색을 표했다.

"연락처만으로는 조회가 어려워요. 저희가 확인할 수 있는 건 해외 체류 중 실종, 사고로 보고된 명단 정도인데, 이건 외교부에 접수된 사례여야 해요."

"그럼 그 명단 좀 확인해주실 수 있나요?"

혹시라도 지효의 가족이 신고를 진행했을 수

도 있다고 혜성은 기대했다.

"이름은 동명이인이 있을 수도 있는데…… 잠시만요."

직원이 몇 분 동안 시스템을 조회하더니 고개를 저었다.

"박지효라는 이름의 여성은 현재 접수된 사례가 없어요."

"아, 지금 검색하신 게 일본이나 프랑스에서 실종되거나 사고가 보고된 명단 포함인가요?"

"저희는 스페인 내 사건, 사고만 공식적으로 대응합니다. 다른 나라에서 발생한 일은 관할이 아니에요. 그쪽 대사관이나 현지 경찰에 문의해야 합니다."

"튀르키예에서 한 달 전에 실종된 한국인 여성이 있다는 걸 들었는데 그건……."

직원이 모니터에서 눈을 떼지 않은 채 짧게 대꾸했다.

"그 사건은 언론에 보도된 거죠? 저희도 기사로는 알고 있는데……. 공식 통보가 들어오지 않은 상태에서 확인해드릴 수 있는 건 없습니다."

"그럼 전 어떻게 해야 돼요? 이 친구랑 바르셀로나에서 만나기로 하고 지금 6일째 연락이 두절된 상탠데!"

직원은 한숨을 쉬며 마지못해 응대하듯 형식적인 목소리로 말했다.

"연락이 두절된 기간이 길고 범죄나 사고가 의심된다면 현지 경찰에 신고를 하셔야 합니다. 다만 친구분의 정확한 인적 사항이 없으면 경찰도 접수를 꺼릴 거예요. 혹시 가족 연락처는 아시나요?"

"아니요."

답답한 표정으로 직원은 혜성을 바라봤다.

"그러면 더 어려워요. 저희가 임의로 조회하거나 움직일 수 있는 범위는 제한적이에요."

"그러면 혹시 여기 스페인에 입국했는지 여부라도······."

"죄송해요. 이름과 연락처로는 알아봐드릴 수 있는 게 제한적이에요."

직원은 더는 도와줄 수 없다는 듯 대화를 정리했다. 혜성은 어쩔 수 없이 민원실을 나서며

깊은 허탈감에 휩싸였다. 대사관이 모든 걸 해결해주리라 믿었던 건, 혜성의 막연한 기대에 불과했다.

결국 자신이 할 수 있는 일이라곤 이 짧은 여행을 마치고 한국으로 돌아가는 것뿐이었다. 지효도, 길우도 마치 자신과는 전혀 다른 세계의 사람들인 것처럼, 스페인에서의 일도 잠깐 다른 세계에 갔다 온 것처럼 그냥 잊은 채 한국에서의 삶으로 돌아가는 것밖에 이제 방법이 없었다.

그렇게 혜성이 대사관 건물을 나서자, 그 앞에 낯설고도 익숙한 사람이 서 있었다.

길우였다.

"네가 왠지 대사관으로 올 거 같았어. 그래서 네가 올 때까지 계속 여기서 기다리려고 했어."

길우가 침착한 목소리로 먼저 말을 걸었다.

"여기 대사관 앞이야. 내가 지금 신고할 수도 있어."

"그래, 네가 뭘 신고하겠다는 건지 모르겠지만 신고하고 싶으면 신고해도 돼. 근데 내 말은 좀 들어줘."

길우의 표정에는 간절함과 조급함이 뒤섞여 있었다. 그라나다에서는 길우와 다시 마주치는 것조차 두려워 도망쳤지만 막상 마드리드의 대사관 앞에서 마주하자 두려움보다 길우를 추궁하고 싶은 마음이 불쑥 솟았다. 혜성은 주변을 둘러봤다. 대사관 근처는 주택가였기에 한적했고, 오늘은 지나다니는 사람이 보이지 않았다. 무슨 일이 생길지 모르니 사람이 많은 곳에서 이야기하는 편이 좋겠다고 판단한 혜성은 카페나 식당을 찾아 무작정 길을 걸었다. 길우는 그런 혜성과 약간 거리를 둔 채 말없이 뒤따랐다. 작은 놀이터를 지나 10분쯤 걸었을까 테라스가 넓은 레스토랑이 눈에 들어왔다. 혜성은 일부러 조금 소란스럽게 대화를 나누는 가족들 뒤편 테이블에 자리를 잡았다.

　길우를 앞에 두고서 어떤 음식도 먹고 싶지 않았다. 그러나 주문을 기다리는 직원의 시선을 외면할 수가 없어 메뉴판을 대충 훑었다. 레스토랑의 메뉴판에는 해산물 요리가 많았다. 혜성은 구색을 맞추듯 작은 오징어 튀김인 초피토스, 해산물과 고기가 함께 들어간 파에야 믹스타, 그리고 콜라를 주문했다. 주문을 받은 직원이 자리를 뜨자마자 혜성이 제법 차가운 목소리로 입을 열었다.

"얘기해."

길우는 할 말을 정리하는 듯 한동안 침묵하다가 힘겹게 입을 뗐다.

"그라나다에서 늦잠을 자고 일어났더니 네가 없었어. 혼자 산책이라도 갔나 보다 했는데 네 배낭도 물건도 없더라고. 그래서 네가 내 가방을 허락도 없이 열어본 걸 알았어."

'허락도 없이'라는 말을 강조하며 혜성의 행동을 문제 삼는 길우의 태도에 혜성은 대화를 이어가고 싶은 마음이 꺾여 한숨을 내쉬었다.

"너 봤지? 박지효 여권 사본을."

"어."

혜성이 짧게 대답했다.

"있잖아. 사실은……."

"어. 얘기해."

"네가 알고 있는 지효가…… 사실은 나야."

"어?"

혜성은 길우의 말을 단박에 이해하지 못해 되물었다.

"너랑 내내 메시지 주고받았던 것도, 여행 준비했던 것도, 전부 나였어."

"어?"

알 듯 말 듯한 말에 황당함과 분노가 동시에 치밀어 올랐다.

"그게 무슨 말이야? 그럼 박지효는 누구야? 난 분명 박지효라는 사람 계좌로 돈을 보냈어."

"잘 생각해봐. 너 계좌번호가 아니라 이메일 주소로 보냈잖아. 그거 해외 결제할 때 쓰는 거라고 내가 말해서."

혜성은 기억을 더듬었다. 실제로 지효가 해외 직구나 해외 사이트에서 주로 쓰는 결제 시스템을 이용한다며, 계좌번호 대신 이메일 주소로 송금하라고 했었다.

"박지효는…… 산티아고 순례길에서 우연히 만난 사람이야. 어떻게 하다 보니 그 사람 여권 사본을 갖게 됐고, 장난처럼 해외에서 사용할 결제 계정을 만들었는데…… 그게 운 좋게 승인되더라고. 그냥 박지효인 척하고 여행자들한테 아주 소액만 거짓말해서 받으려고 했어. 50만 원 미만, 많아야 100만 원만. 큰 피해를 줄 생각은 없었어."

"그거, 사기잖아……. 그게 사기고 범죄라고!"

혜성의 말에 길우는 아무 대답도 하지 못했다.

"그걸 왜 나한테 지금 말해? 그러면 내가 그냥 넘어갈 거 같아?"

"미안해."

"돈만 사기 치는 거 맞아? 그럼 그냥 내가 숙소값으로 입금한 100만 원만 먹고 모른 척했으면 됐잖아. 왜 바르셀로나에서 내 앞에 나타났어? 그리고 왜 세비야랑 그라나다 숙소는 취소하지 않은 건데?"

그때 직원이 주문한 음식들을 테이블에 내려놓았다. 원탁 위로 작은 오징어를 통으로 바삭하게 튀겨낸 초피토스와, 사프란 향이 진하게 밴 노란색의 파에야 믹스타가 크고 납작한 팬째 놓였다. 오징어 튀김과 조개와 새우, 닭고기와 초록색 피망을 내려다보기만 할 뿐, 둘 다 포크를 들지 못했다.

"그냥……. 네가 궁금했어."

"어? 궁금?"

"너랑 여행 계획 짜면서 메시지 주고받는 게 즐거웠어."

길우는 고개를 깊이 숙인 채 떨리는 목소리로 말했다.

"나…… 너 좋아해. 네가 나한테 보낸 돈은 돈이 생기면 돌려줄게."

갑작스러운 고백에 혜성은 길우가 사기를 쳤다는 사실보다 더 크게 당황했다. 그라나다로부터 도망쳐 마드리드로 오는 기차 안에서는 마치 악마라도 되는 듯 길우를 증오하고 혐오했음에도, 이렇게 마주 앉은 모습은 악마라고 하기에는 너무 나약하고 한심할 뿐이었다.

"이건 범죄야."

혜성의 단호한 말에 길우는 천천히 고개를 끄덕였다.

"알아. 근데 난 지효라는 사람을 해친 적 없어.

피해를 준 적도 없고."

"네가 지효라는 사람의 신분증을 도용한 거 자체가 그 사람한테 피해 입힌 거야. 그리고 너 나한테는 돈도 사기 치고……."

거짓말로 자신을 속이고 감정까지 이용했다는 말을 덧붙이고 싶었지만, 세비야와 그라나다에서 길우와의 로맨스에 취해 입을 맞추고 포옹하던 기억이 떠오르자 혜성은 설명할 수 없는 수치심에 사로잡혀 말을 잇지 못했다.

혜성이 말을 멈추자, 길우는 기다렸다는 듯 배고픔을 참지 못하고 음식을 먹기 시작했다. 혜성은 그 모습을 바라볼 뿐 끝내 음식을 입에 대지 않았다. 길우가 먹는 모습을 보니 차마 더 입에 대고 싶지가 않았다.

길우가 쓰던 카드 한 장이 세비야에서 정지되어 남은 일정의 경비를 충당할 비용이 모자라다는 말에 계산은 혜성이 했다. 남의 신분증을 도용한 탓에 신고가 되어 갑자기 카드가 정지된 건 아닐까 하는 의심이 이제야 들었다.

레스토랑을 나온 둘은 지하철을 타고 마드리

드의 중심인 솔광장으로 향했다. 광장은 수많은 사람들로 붐볐고, 푸에르타 델 솔을 상징하는 곰과 마드로뇨 나무 동상 앞에는 사진을 찍으려는 관광객들이 줄을 서 있었다. 분수 주변에서 악기를 든 버스커들이 흥겨운 음악을 연주하고 있었음에도 혜성과 길우는 아무런 대화도 나누지 않았다. 길우가 지쳤였다는 사실과 그동안의 일들이 한꺼번에 밀려와 과부하된 혜성은 어떻게 행동해야 할지 정하지 못한 채 말없이 걸었다. 길우는 그런 혜성을 일정한 거리를 두고 계속 뒤따랐다.

솔광장을 벗어나자 좁고 구불구불한 골목길이 이어졌다. 기념품 가게들이 늘어선 진열대에는 마그넷과 작은 황소 인형, 파에야 팬이 가득했고, 타파스 바마다 관광객들이 발코니에 기대 웃으며 술잔을 부딪치고 있었다. 길우와 일정한 거리를 둔 채 걷고 있는데도 이상하게 길우의 존재가 전보다 훨씬 더 크게 혜성을 짓눌렀다.

"혜성아."

길우가 더 이상의 침묵을 견디기 힘들었는지

혜성을 불렀다.

"나 너한테 한 행동만큼은 거짓이 아니야. 진짜야. 믿어줘."

혜성은 대꾸하지 않았지만, 길우의 모든 것이 거짓이라고 생각하지는 않았다. 가만히 돌이켜보면 길우가 자신에게 건넸던 위로와 지효가 주던 위로는 닮아 있었다. 그 위로만큼은 진심이었다 믿고 싶었다. 그리고 바르셀로나에서 세비야, 그라나다로 이어졌던 그 시간들 역시 전부 거짓은 아니길 혜성도 한편으로 바랐다.

"우리 아버지가…… 내가 중학생 때 산업재해로 돌아가셨어. 근데 회사에서 책임을 인정하지 않았어. 변호사도 못 썼고, 보상금도 한 푼 못 받았어. 그때부터 우리 집은 정말 가난했는데…… 우리 엄마는 그 가난에 완전히 굴복해서 돈 벌기를 포기해버렸어. 그래서 일찍부터 내가 돈을 벌어야 했어."

혜성은 걸음을 멈추고 길우를 바라봤다. 길우도 이번엔 한 톨의 거짓도 없다는 듯 간절한 얼굴로 혜성의 표정을 살폈다.

"공무원 시험 준비하면서 서울에 올라가 고시원에 살았어. 나한테는 공부만 한다는 게 진짜 큰 사치였어. 하루에 알바를 두세 개씩 했거든. 학원 강의뿐 아니라 편의점, 음식점, 택배 상하차까지. 그렇게 몇 년을 버티니 몸도 마음도 다 무너졌어. 친구들과도 연락이 끊겼고. 한국에서는 아무도 나를 신경도 안 쓰고 나는 그냥 투명인간 같은 존재였어."

길우의 목소리가 점점 떨리기 시작했다.

"그래서 어차피 어딜 가나 이방인이라면 조금 모은 돈으로 여행이나 가보자 마음먹고 1년 전부터 여행을 다닌 거야. 그러다 여행 경비가 바닥이 나니까 그냥 10만 원, 20만 원만 쉽게 구해보자고 한 게 이렇게 되었어."

혜성은 가만히 길우의 얼굴을 응시하며 어디까지가 진심이고 어디부터가 거짓인지 헤아려보려 했다. 그러나 명확히 알 수 있는 건 없었다. 잠시 후 혜성이 입을 열었다.

"나…… 대사관에 신고 못 했어."

길우가 놀란 눈으로 혜성을 봤다.

"어차피 받아주지도 않더라. 연락처만으로는 아무것도 못 한대."

혜성은 씁쓸하게 미소 짓더니, 숨을 고르고 말을 이었다.

"그리고…… 난 내일 한국으로 돌아가. 비행기 티켓 날짜 바꾸느라 수수료만 수십만 원 날렸어. 나도 거지야. 거지가 거지 돈을 뜯은 거야, 알아?"

혜성이 황당한 웃음을 보이자, 길우는 그 웃음이 용서로 읽혔는지 미소 지었다.

"오늘 어떻게 할 거야?"

혜성이 물었다.

"한국으로 안 돌아가고, 계속 남한테 삥땅 치면서 여행할 거야?"

길우는 잠깐 망설이다가 혜성과 눈을 맞췄다.

"혜성아, 한국 돌아가면…… 나 만나줄 거야?"

그 말에 혜성은 순간 당황했지만 어떤 대답도 하지 않았다. 좁은 골목에는 어느덧 인적이 없었다. 단둘이 있는 이 자리에서 거절의 말로 길우의 심기를 건드리고 싶지 않았다. 그저 안전하게 이곳, 스페인을 벗어나고 싶었다.

원래 혜성은 지효와 마드리드에서도 호텔을 예약해두었다. 하지만 에어비앤비와 달리 호텔은 예약자 본인이 리셉션에서 직접 체크인을 해야 했기 때문에, 길우는 마드리드 호텔을 진작 취소하고 환불받은 상태였다. 설령 예약이 그대로 남아 있었다 하더라도, 혜성이 길우와 한방에 묵을 일은 절대 없었다. 혜성은 지금 묵고 있는 한인 호스텔에 하루를 더 연장하기로 미리 말해둔 참이었다. 길우도 그런 혜성을 따라왔다.

호스텔로 돌아오자 성미와 대영이 그 둘을 빤히 바라봤다. 방금 앱으로 예약했다며 체크인을 요청하는 길우를 사장 부부는 잠깐 난감한 표정으로 응시했지만, 더 묻지 않고 체크인을 도왔다. 길우는 남성 다인실로, 혜성은 여성 다인실로 각각 방을 나눠 들어갔다.

방으로 들어온 혜성은 침대에 가방을 내려놓곤 천천히 긴 숨을 내쉬었다. 이제 정말 여행이 끝나가는 것 같았다. 이 여행 내내 길우가 함께였지만, 끝내 그를 매정하게 내치지 못한 자신이 원망스러웠다. 한편으론 길우와 자신이 닮은 사람이라는 연민의 마음이 들기도 했다.

'심플해지자, 심플해지자.'

혜성은 생각을 억누르고 이불 속으로 몸을 파묻었다. 하지만 머릿속에서는 계속 같은 질문이 맴돌았다.

'길우와 어떻게 마무리를 지어야 하는가'. 그리고 '길우에게서 어떻게 도망쳐야 하는가'.

다음 날 이른 아침, 혜성은 배낭을 메고 호스텔 로비로 내려갔다. 사장 부부는 조식 준비로 분주한 와중에도 혜성이 로비로 들어서자 하던 일을 멈추고 환하게 웃었다.

"이제 가는 거지?"

혜성이 성미에게 진심으로 고마워하며 고개를 끄덕였다.

"네……. 체크아웃하러 왔어요. 어제 도움 많이 주셔서 감사했어요."

"별말을. 무사히 한국 가는 게 제일 중요하지. 마드리드 제대로 구경도 못 하고 어떡해……."

"괜찮아요. 저 일 때문에 영상으로 마드리드 지겹게 봐서 다 본 거 같고 그래요."

대영이 카운터 서랍을 열더니 스페인 국기 마그넷을 선물로 건네며 인사했다.

"조심해서 가요. 택시 잡아줄까요?"

"아니에요. 그냥 지하철 타고 갈게요."

혜성은 인사를 한 뒤 건물을 빠져나왔다. 숙소 앞 도로에는 길우가 기다리고 있었다. 길우는 아직 여행 일정이 끝나지 않았지만, 공항까지 혜성을 데려다주겠다 했고 혜성도 그 호의를 거절하지 않았다. 엄밀히는 거절하지 못했다고 해야 할까. 둘은 마요르광장 근처 지하철역으로 향했다. 어쨌든 마지막 스페인의 풍경일 수 있으니 눈에 담아두고자 주변을 살피던 혜성은, 익숙한 간판을 발견하고 걸음을 멈췄다.

"1894년……. 어! 여기! 거기다!"

노란색 간판에 초록색으로 상호명이 적혀 있는, 1894년부터 운영 중인 꽤 유명한 추로스 가게였다. 비행기 시간이 아직 여유가 있는 걸 확인한 혜성은 사람들이 몰려 있는 그 추로스 가

게로 무작정 들어섰다. 퇴사하기 전 혜성이 편집
한 영상 속 유튜버 소을이 들렀던 그 가게였다.
혜성은 소을이 주문했던 추로스를 똑같이 주문
했다. 이른 아침 시간임에도 가게 안은 현지인과
관광객 들로 북적였다.

　잠시 후 막 튀겨낸 따끈한 추로스가 진한 다
크초콜릿이 담긴 작은 잔과 함께 나왔다. 혜성은
뜨거운 김이 오르는 추로스를 초콜릿에 찍어 베
어 물었다. 한국에서 먹던 추로스보다 더 부드러
웠고, 초콜릿 소스는 진하고 달콤했다.

　"맛있다……. 진짜……."

　그 말을 내뱉자, 혜성의 눈에 갑자기 눈물이
차올랐다. 추로스를 한 입 먹으려던 길우는 혜성
이 울자 당황했다.

　"왜…… 왜 울어?"

　"모르겠어. 그냥 맛있어서……."

　길우는 맛있다고 말하면서 우는 혜성을 이해
하지 못한 듯 멀뚱히 바라봤다. 혜성도 이유를
설명할 수 없었다. 얼마 전까지만 해도 사무실에
앉아 몇 시간을 돌려보며 편집하던 영상 속의

그곳에 와서 추로스를 입에 넣는 순간, 눈물이 터져 나왔다. 사실 눈물이 날 만큼 감동적인 맛은 아니었다. 화면 너머로 보던 것의 실체를 마주하자 그 진실이 생각보다 초라하게 느껴졌다. 그리고 자신의 첫 여행도, 더 나아가 자신의 존재 역시 크게 다르지 않다는 생각이 들어 문득 서글퍼졌다.

마드리드 바라하스공항에 도착한 뒤 혜성은 어서 한시라도 일찍 출국하고 싶은 마음에 걸음이 빨라졌다. 수속을 마치고 출국장 근처에 도달하자 길우가 아쉬움에 혜성을 붙잡았다.

"나, 한국 가면 연락해도 되지?"

인연이 이어질 거라 기대하는 길우에게 혜성은 늦었지만 드디어 마지막 인사를 전했다.

"미안. 우리 한국에서는 연락하지 말자. 이렇게 여기서 마무리해. 스페인 여행의 동행자로 끝내자. 안녕."

혜성의 작별 인사에 길우는 아무 말도 하지 않았다. 그저 빤히 혜성을 볼 뿐이었다. 혜성은 자신이 해야 할 말을 다 했다고 여겨, 더는 대답을 기다리지 않은 채 길우를 등지고 걸음을 옮겼다. 아무렇지 않은 척 출국장 입구 쪽으로 향하면서 최대한 평정심을 유지하려 했다. 그러다 이젠 길우가 더 이상 자신에게 다가올 수 없다는 확신이 든 순간 막 달리기 시작했다. 어제부터 억눌러온 공포와 두려움이 확 터져 나오며 숨이 가빠졌다.

출국장에 들어선 뒤에야 안전하다고 느낀 혜성은 멈춰 서서 조심스럽게 뒤를 돌아보았다. 제발 시야에서 길우가 완전히 사라져주길 바랐지만, 길게 줄지어 선 사람들 너머로 길우는 여전히 그 자리에 서서 혜성을 바라보고 있었다. 이상하게 길우의 마지막 시선이 탑승 게이트까지 집요하게 따라붙는 기분이었다.

비행기에 올라 자리에 몸을 깊숙이 기댄 혜성은 참았던 숨을 길게 내쉬었다. 비행기가 활주로를 박차고 이륙하자, 그제야 스페인과는 정말로 작별이라는 실감이 났다. 경유 시간을 포함해 스무 시간 뒤면 대한민국에 도착할 것이다.

혜성은 작은 보조 가방을 열어 종이 한 장을 꺼냈다. 길우의 여권 사본이었다. 이름과 주민등록번호가 선명하게 적혀 있었다. 어젯밤 성미가 "혹시 한국 들어가서 경찰에 신고하게 되면 필요할까봐 복사해뒀어요"라며 몰래 건네준 것이었다.

혜성은 여권 사본 사진 속 무표정한 길우의 얼굴을 한참 응시하다가 조용히 눈을 감았다.

5. 다시 한국에서

한국에 도착한 날, 혜성은 샤워만 하고 곧장 집을 나섰다.

경찰서 민원실은 오후 시간임에도 사람들로 북적였다. 한참을 기다린 끝에 혜성의 순서가 되자 담당 경찰은 무표정하게 서류를 받아 들었다.

"사기 피해라고요? 피해 금액은 얼마예요?"

"저는 큰 피해를 당한 건 아니에요. 하지만 이 사람이 여권을 도용해서 해외 계좌를 만들어 여행자들한테 돈을 받아왔어요. 지금 제가 아는 피해자는 저밖에 없긴 한데, 조사해보면 몇 명 더 나올 수도 있어요."

경찰은 잠시 컴퓨터에 무언가를 입력하곤 한숨을 내쉬었다.

"피해 금액이 얼마라고 하셨죠?"

세비야와 그라나다의 숙소는 실제로 묵었으니 혜성이 실질적으로 피해를 본 건 바르셀로나와 마드리드의 호텔 비용, 그리고 입장료와 교통비였다. 다만 지효 몫의 입장권과 교통권은 혜성이 먼저 길우에게 건넨 것이었기에 숙소 비용만 셈해서 답했다.

"저는…… 67만 원 정도예요."

"해외에서 만들어진 계좌를 통한 사기라면 바로 추적하기가 어려워요. 알고 있죠?"

"이 사람 계속 해외에 있는 게 아니라 여행 마치면 한국 들어올 거예요. 그때 잡으면 되지 않나요……"

담당 경찰은 난감한 표정으로 말했다.

"그건 체포 영장이 발부돼야 그렇게 체포를 할 수 있는 건데…… 금액이 크지를 않고 피해자도 한 분뿐이라 어려워요. 일단 진술서 쓰고 자료 제출하고 가세요."

혜성은 경찰의 태도에 마드리드의 대사관을 떠올렸고, 또다시 허탈감이 밀려왔다.

"그러다 또 피해자가 생기면요?"

"그럴 수도 있겠죠. 그러면 그 피해자 여러 명이 함께 진정을 넣는 게 더 효과적일 거예요."

경찰의 말은 마치 피해자가 더 생기기를 기다리라는 말처럼 들렸다. 혜성은 진술서를 작성하고 길우의 여권 사본과 자료들을 제출했지만, 이 사건이 아무 일 없던 것처럼 흐지부지될 것 같은 예감이 들었다.

경찰서에서 집으로 돌아온 혜성은 노트북을 열고 '창문 너머 유럽' 카페에 글을 작성했다.

여행 동행자를 구할 때, 꼭 한 번 실제로 미팅을 하고 절대 돈을 함부로 미리 송금하지 마세요. 그리고 혹시 동행을 빌미로 숙소비나 교통비 입금을 요청받은 뒤, 동행이 취소된 분은 저에게 연락 바랍니다. 비슷한 피해 사례를 모으고 있습니다.

게시 글을 등록하고 나서야 혜성은 여행 짐을 풀기 시작했다. 여기까지가 지금 자신이 할 수 있는 최선이었다. 마침내 이로써 스페인에서의 여행도 완전히 끝냈다고 생각했다.

혜성은 한국에서의 삶에 집중하려 애썼다. 여행 경비로 거의 전 재산을 쓰게 된 터라 막막하던 차에 다행히 아르바이트를 구해 생활을 이어갈 수 있었다. 12월이 될 때까지 다섯 군데가 넘는 회사에 입사 지원서를 넣었으나 규모가 큰 회사만 골라 지원한 탓인지 매번 서류에서 탈락했다.

스페인에서는 하루에 카페 몇 군데를 다니며 에스프레소를 마셨지만, 이제는 하루 종일 걸어 다니며 적립한 포인트로 커피 한 잔을 겨우 사 마셨다. 겨울이라 해가 짧아지자 아주 가끔 스페인의 강한 햇살이 그리웠다. 튀르키예에서 실종된 김지현이란 여성이 여전히 행방불명이라는 소식이 유튜브와 뉴스를 통해 간간이 전해졌다.

그렇게 한 해가 다 저물어갈 즈음, 12월 15일

마지막으로 면접을 본 회사에서 전화가 왔다. 이번엔 욕심을 버리고 작은 영상 제작 회사에 지원했는데, 지원자가 많지 않았는지 이틀 만에 바로 합격 통보를 받았다. 재취업을 했다는 사실이 기쁘긴 했지만, 그렇다고 마음이 크게 들뜨지는 않았다. 다시 출퇴근 지하철에 시달리고, 사람들과 표면적인 관계를 맺으며 이번엔 어떤 다양한 스트레스 속에 놓일지 걱정부터 앞섰다.

취업 성공의 기쁨을 미지근하게 느끼고 있을 무렵 경찰서에서 또 한 통의 전화가 걸려 왔다. 지난 9월 혜성이 고발했던 사건에 대한 결과 통보였다.

"피해 금액이 크지 않고, 피의자가 반성문을 제출한 데다 전과가 없어 기소유예가 됐습니다."

경찰에게서 온 전화를 끊자마자 혜성은 계좌에 '윤길우'라는 이름으로 70만 원이 입금된 사실을 확인했다. 순간 자신이 길우에게 계좌번호를 알려준 적이 있었는지 기억을 더듬었다. 그러다 지효와 메시지를 주고받으며 공동의 여행 경비를 정산하기 위해 지효의 경우 이메일이긴 했지만, 서로 계좌번호를 남긴 일이 떠올랐다. 그제야 깨달았다. 자신이 지효와 길우에게 너무 많은 것을 알려줬다는 사실을. 사는 동네와 가족 관계, 출신 대학과 이전 직장까지, 한 사람에게 두 번씩이나 같은 이야기를 털어놓았던 셈이다.

세비야 숙소 체크인 당시, 스캔한 여권 사진을 길우에게 전송했던 기억, 길우의 카메라에 찍힌 수많은 자신의 사진까지…….

"아…….."

혜성은 자신도 모르게 탄식을 뱉었다. 길우와의 동행은 그걸로 끝이 아니었다. 어딘가에서 자신의 이름과 사진이 떠돌며, 누군가에게 여행을 함께 가자고 제안하는 이메일이 발송되고 있을지 몰랐다.

"아이 씨……. 그지 같은 여행."

어쩌면 이제부터가 진짜 여행의 시작일지 몰랐다. 그리고 이제 혜성은 명확히 알고 있었다. 이번 여행은 더 이상 도망칠 곳이 없다는 것을.

발문

경계의 상실과 회복

범유진(소설가)

혜성이 스페인으로 떠나기로 결심했을 때, 그는 상실한 상태다. 외부적 시선에서 보았을 때 혜성이 잃어버린 것은 직장과 연인이다. 그러나 실상 그보다 더 중요한 상실은 혜성의 내부에서 일어났다. 혜성은 그 상실을 자각하지 못한 채 '도망가는 사람'이 되지 않기 위해 스페인을 퇴사 여행지로 택한다. 자신을 부당하게 몰아붙인 도규의 말에서 느낀 모욕과 억울한 상처를 피하지 않겠다는 의지. 혜성이 전 재산의 절반을 털어 넣어 떠나는 첫 해외여행의 여행지를 고른 기준은 오직 그것이다. 혜성의 가치관이나 취향

은 조금도 반영되지 않았다.

본래 혜성은 자신의 가치관을 단단하게 가진 사람이다. 그렇기에 성희롱을 일삼는 대표 도규에게 맞서 부당함을 토로하고, 그 부당함을 사회생활로 축소하려는 남자친구 태영에게 동의하지 않는다. 그러나 그 결과는 상실이다. 자신의 가치관에 따라 행동했는데 그로 인한 결과가 연이은 상실이라고 상상해보자. 계속해서 자신의 신념이 옳다고 믿을 수 있을까? 이때까지의 가치관을 변함없이 믿고 나아갈 수 있을까? 연이은 상실은 자기부정으로 이어지며, 이것은 경계의 침범으로 확장된다.

'자아 경계ego-boundary'는 자신만의 몸과 물질, 감정이나 욕구, 생각, 가치관과 신념 등으로 구성되는 타인과의 구분선이다. 이 경계가 타자—가족, 친구, 동료 혹은 불평등한 사회구조나 권력—에 의해 침범당했을 때 개인은 자기 통제권을 잃어버리고 만다. 앞서 이야기한 일련의 과정에서 혜성이 통제할 수 있던 부분은 없었고, 혜성의 기준은 흔들리게 된다. 파괴된 경계. 그것이 혜성의 내부에서 일어난 최악의 상실이다.

이 상실은 불안으로 이어져, 혜성의 결정에 순간순간마다 영향을 준다. 가령 여행 메이트를 찾기 위해 커뮤니티에 글을 올린 행위가 그렇다. 도규의 행동을 읽어내는 장면에서 추측하건대 혜성은 상황 판단 능력이 좋은 편이다. 그런 혜성이 아무리 첫 해외여행이고 어머니를 속여야 하는 상황이래도 커뮤니티에 글을 올려 동행을 구하는 건 쉬이 납득 가지 않는다. 게다가 커뮤니티의 몇몇은 쪽지나 댓글로 인터넷에서 동행을 구하지 말라는 충고까지 하는 상황이다. 그럼에도 혜성은 낯선 이의 연락을 기다린다. 사건 직후의 이러한 변화는 혜성의 경계가 훼손되었음을 잘 보여준다.

만약 혜성이 이러한 상실을 겪지 않은 상태였다면, 스페인 여행은 많이 달라졌을지 모른다. 혜성은 지효가 공항에 나타나지 않아도 그렇게까지 오래 기다리지 않고 숙소에 갔을 수도 있다. 그럼 좀 더 여유를 두고 다른 숙소를 검색하거나, 커뮤니티에서 정보를 찾아볼 수도 있었을 거다. 그렇다면 오로지 한국인이란 이유만으로 낯선 이에게 말을 걸지 않았을 테고 길우와 만나지도 않았을 거다.

그러나 혜성은 공항에서 지효를 기다릴 수밖에 없었다. 불안했기에. 자기 통제권이 상실된 내면은 의지할 대상을 원하게 된다. 지효는 혜성의 그런 필요를 충족시켜주는 동행자였다. 단순히 지효가 베테랑 여행자이기 때문이 아니다. 지효는 도규의 부당함을 함께 성토해주고, 끝내 혜성이 태영에게 받지 못한 위로를 해준 상대이다. 부정당한 혜성의 가치관을 옹호해주는 상대인 것이다. 혜성은 지효와 함께라면 파괴된 경계를 재구축할 수 있을 것 같은 안도감을 느꼈을 것이다.

그러한 지효의 부재는 혜성이 불안을 의존할 다른 대상을 찾아야 함을 뜻한다. 그것이 길우였다. 혜성은 흡사 알에서 깬 병아리가 처음 본 상대를 어미로 인식해 쫓아다니듯 길우의 일정을 궁금해하는데, 의존 대상인 그와 있어야 안전하다고 느끼기 때문이다. 그 감정은 곧 로맨스와

혼재된다.

혜성이 의존을 그만두고 자신의 불안을 거두 어들이게 되는 계기는 공교롭게도 지효다. 혜성 은 여행 내내 지효를 걱정한다. 주변에서 지효가 사기를 친 거라 말해도, 길우가 신경 쓸 필요 없 다 말해도 끄덕하지 않는다. 그러한 혜성의 모습 은 끊임없이 이전의 자신을 부정하며 무뎌지려 애쓰는 것과 상반된다.

(……) 문득 해외여행을 한 번도 안 다녀봐서 촌스럽다고 했던 도규의 말이 떠올랐다. 그때 받 은 상처 때문일까. 아무렇지 않게 넘길 수 있는 말에도 예민하게 반응하고 있었다. 혜성은 이 여 행을 기점으로 바꾸고 싶었다. 그렇기에 좀 더 관 대해지자고 스스로를 다독였다. (50-51쪽)

혜성은 무뎌지기를 바라나 지효에 대한 걱정 이 그것을 막는다. 상사의 성희롱에 맞서고 성인 지 감수성이 부족한 남자친구의 둔감함을 참아 넘길 수 없던 혜성다운 모습이다. 그러나 길우는

지효에 대한 혜성의 걱정을 부정한다. 그 부정은
도규나 태영의 것과 닮았다. 혜성은 쉴 새 없이
자신을 부정하는 상대와 함께하느니, 혼자 여행
을 하는 게 낫다는 사실을 뒤늦게 깨닫는다.

그라나다로 오기 전 길우와 헤어져 혼자 여행
할 걸 그랬다고 후회했다. 오늘 밤에라도 각자 여
행하자고 말할 수 있을까. (112-113쪽)

그 깨달음은 의존이 종료되었음을 뜻한다. 이
제 혜성의 불안은 온전히 혜성의 것이다. 그제야
혜성은 자기 안에서 울리던 위험신호에 귀를 기
울인다. 길우와 함께 다니며 점점 커지던 신호.
그 신호가 붉은 사이렌을 울린 순간 혜성은 길
우로부터 도망친다.

따라서 마드리드 대사관에서 길우를 만난 후
혜성이 그에게 지어 보인 황당한 웃음은 그전에
혜성이 길우의 기분을 상하게 하기 싫어 마음을
썼던 웃음과는 결이 다르다. 마드리드에서 혜성
이 보인 태도는 생존을 위해 본능적으로 갈등을

최소화하려는 포닝Fawning 반응에 가깝다. 그렇기에 혜성은 공항에서 길우가 보이지 않게 되자마자 달린다. 그때까지 억눌러온 공포가 터져 나온 탓이다. 혜성은 도망치지 않으려 스페인 여행을 결정했으나 결국 도망친다. 여행을 결정한 건 도규의 말 때문이었으나, 그 여행을 그만둔 건 혜성의 의지다.

스페인에서 돌아오자마자 혜성은 경찰에 사기 피해 신고를 하고, 커뮤니티에 사기꾼을 조심하라는 글을 쓴다. 귀찮아서, 혹은 길우와 다시 마주치기 싫어서 외면해버릴 수 있는 문제를 밖으로 들추어내고 사람들에게 경고한다. 그리고 그 사건이 '기소유예'로 마무리되었을 때 길우에게 너무 많은 걸 알려줬다는 사실은 문득 혜성을 덮쳐 온다. 그 순간 혜성의 경계가 새롭게 정비된다.

N. 그레고리 해밀턴은 『대상관계 이론과 실제 : 자기와 타자』*에서 투사는 불쾌감을 외부 세계

* N. 그레고리 해밀턴, 『대상관계 이론과 실제 : 자기와 타자』, 김진숙·김창대·이지연 옮김, 학지사, 2007.

나 내적인 대상으로 옮김으로써 자기 자신을 정화시킬 때 시작되며, 이 투사의 과정을 거친 후 내사가 다음 단계로 이루어진다고 보았다. 내사, 혹은 안으로 받아들이는 과정taking in processes 은 형성되기 시작하는 자기와 그로부터 받아들일 수 있는 대상을 통합한다. 이러한 관점에서 보면 혜성의 여행은 자신의 불안을 타인에게 투사해 정화하는 과정이었다고 볼 수 있다. 여행의 끝에서 혜성은 불안도 자신의 것임을 인정하고 받아들였다. 앞으로도 혜성이 무리해서 단순해질 일은 없을 것이다.

경계는 고정되지 않고 변화한다. 줄어들기도 하고 확장되기도 한다. 그 변화가 나의 의지가 아닌, 타인의 침범에 의한 것일 때 무력해지는 경험이 누구나 한 번은 있지 않을까. 나 역시 그런 일을 겪었다. 그럴 때마다 무기력한 내 모습과 마주하는 게 가장 낯설고 힘들었다. 『나의 낯선 동행자』의 혜성도 그렇지 않았을까. 혜성이 여행하는 동안 가장 낯설게 느꼈던 건 어쩌면 길우가 아닌, 자기 자신이 아니었을까. 앞으로

그런 순간이 올 때마다 혜성을 떠올리게 될 것
같다.

작가의 말

2026년 새해를 시작하면서 통과의례처럼 신년 운세나 토정비결을 보려다 요즘 AI가 사주도 제법 정확히 본다는 말을 듣고 재미 삼아 신년 운세를 물어보았다. 명리학을 통계에 기반해 인생을 해석하는 학문으로 본다면, 만세력 여덟 글자와 그 상관관계를 사람보다 더 정밀하게 분석할 수도 있을 것 같았다. 예전에 호기심으로 명리학 관련 서적을 읽은 적이 있어 구체적으로 프롬프트를 입력한 뒤 대답을 기다렸다.

'주변 환경이 매우 살벌하고 스트레스가 많으며 쉴 틈이 마땅치 않습니다.'

AI는 썩 유쾌하지 않은 내 사주 원국에 대한 해석을 내놓았다. 애초의 목적은 신년 운세였기에 앞으로의 대운과 세운의 흐름을 다시 짚어달라고 요청했다. 그러자 미래에 관해서는 꽤 낙관적인 예측을 풀어놓았다. 그 전망에 안심이 되면서도 아직 벌어지지 않은 앞날을 그저 긍정적으로만 이야기하는 건 아닌가 의심이 들었다. 문득 AI를 시험해보고 싶었다. 이번엔 내가 이미 지나와 잘 알고 있다고 믿는 내 과거의 운세에 대해 물었다. 과거 사주의 흐름을 정확히 맞힌다면 미래의 전망도 믿어볼 만하다는 생각이었다.

'지난 시기는 한마디로 칼날 위를 맨발로 걸어온 생존기이자, 지옥 훈련의 시간이었습니다.'

이 문장을 시작으로 유년기와 청년기를 복기해주겠다면서 시기별 설명을 자세히 늘어놓았다. 나도 모르게 그 내용에 고개를 끄덕이며 '맞아, 이때는 이래서 힘들었구나……' 하고 수긍했다. 내가 동의하자 자신감을 얻었는지 '숨 쉴 틈 없이 옥죄는 환경, 잦은 잔병치레, 늘 긴장된 상태와 예민함이 지속되는' 같은 문장들이 계속 덧

붙었다. 읽어나가다 보니 내 유년기와 청년기는 그저 불행으로만 점철된 시기가 되고 있었다.

수월하고 아름답기만 한 유년기와 청년기를 보내는 사람이 얼마나 될까. 누구나 각자의 방식으로 어려움을 통과하고 버텨내며 그 시기를 지나는 것이 아닐까. 나는 그 시기를 특별히 남다르거나 힘겹게 지냈다고는 생각하지 않았다.

분석이 틀린 것 같다는 의견을 내비치자, AI는 곧바로 자신의 답변을 수정했다. 그제야 내 반응에 맞춰가면서 계속 의견을 바꾸고 있다는 걸 깨닫고 실제로 겪은 적 없는 일들을 일부러 던져가며 '어디 맞히나 보자'라는 심술을 부리기 시작했다. 일종의 거짓말 게임이었는데 예상대로 내 말에 휩쓸리며 자신의 의견을 그때그때 수정했다. 결국 '네 사주 분석은 엉망이야'라는 악담을 던지고 신년 운세와 사주 풀이 관련해서 AI에 대한 신뢰를 거둬들였다.

분석이 영 맞지 않는다고 여겼으면서도 '지난 시기는 한마디로 칼날 위를 맨발로 걸어온 생존기이자, 지옥 훈련의 시간이었습니다'라는 문장은 오래도록 마음에 남아 이상한 위로가 되었다. 그 말이 힘든 시기를 통과해냈다는 다독임처럼 들렸다. '앞으로 행복해질 거야'라는 다정한 위로보다 '인생은 원래 고난과 함께 가는 거야'라는 말이 더 단단한 위로가 될 때가 있는 것처럼. 실제로 『나의 낯선 동행자』를 쓰면서 혜성에게 그런 종류의 위로를 건네고 싶었다. 제목의 '동행자'는 혜성이 스페인에서 만난 길우를 뜻하기도 하지만 낯선 곳에서 불쑥 맞닥뜨린 시련이라고도 생각했다.

혜성이 뒤돌아 자신의 여행을 돌이켰을 때 그 시기를 힘겨웠던 시간으로 기억할지도 모른다. 하지만 스페인 여행을 실패한 여행으로 단정 짓지 않기를 바랐다. 무사히 귀국했다는 것만으로도 충분히 성공한 여행담이 될 수도 있다고 생각했다. 어쩌면 혜성도 '칼날 위를 맨발로 걸으며 생존하는 지옥 훈련의 시간을 통과했습니다'라는 AI 사주 분석을 뒤늦게 받아 들고 위로를 받을 수도 있지 않을까.

혜성이 앞으로도 원치 않는 동행자들과 계속

잘 걸어 나가기를 바라며 이 소설을 썼다. 꽤 살벌한 사주 원국을 가진 나 역시, 이 책을 손에 든 독자 역시도 그렇게 한 시기를 잘 통과하기를 바란다.

그리고 스페인을 함께 여행하듯 작품 속 지명과 동선, 세부 설정을 꼼꼼히 검토해주신 고명수 편집자께 깊이 감사드린다. 낯선 곳으로 떠나는 길, 비행기나 기차 안에서 이 책이 독자에게 즐거운 동행자가 되기를 바란다.

2026년 4월
김진영

나의 낯선 동행자

지은이 김진영
펴낸이 김영정

초판 1쇄 펴낸날 2026년 4월 5일

펴낸곳 (주) 현대문학
등록번호 제1-452호
주소 06532 서울시 서초구 신반포로 321(잠원동, 미래엔)
전화 02-2017-0280
팩스 02-516-5433
홈페이지 www.hdmh.co.kr

ISBN 979-11-6790-354-9 04810
      979-11-6790-220-7 (세트)

* 책값은 뒤표지에 있습니다.